이런 봄날 있었다

이런 봄날 있었다

ⓒ성북문예창작회, 2024

1판 1쇄 발행 | 2024년 04월 25일

지 은 이 | 성북문예창작회
펴 낸 이 | 이영희
펴 낸 곳 | 이미지북
출판등록 | 제2-2795호(1999. 4. 10)
주   소 | 서울 강동구 양재대로122가길 6, 202호
대표전화 | 02-483-7025, 팩시밀리 : 02-483-3213
e-mail | ibook99@naver.com

ISBN 978-89-89224-68-6   03810

이런 봄날 있었다

성북문예창작회

이미지북

'이런 봄날 있었다'를 발간하면서

학창 시절 연애편지도 친구에게 부탁할 정도로 글쓰는 재주가 없는 내가 유지화 교수님의 봄날 같은 인성에 반해 글쓰기에 입문했다.

2015년 10월, 성북구청 후원 '성북구여성꿈의공동체'가 주관하는 특강에 유 교수님의 5회차 수업을 들으면서, 내 안에 꿈틀거리던 감성이 깨어나면서 오늘에 이르렀다.

이를 계기로 그해 겨울, 장위동 주민센터에 '성북문학창작반'이 개설되고, 해를 거듭할수록 문우들의 창작열이 높아지면서 2019년 봄, 동인지 제1집 『그런 봄날 있었다』가 탄생하였다.

그리고 코로나19로 인한 3년 동안 멈춤의 시간도 무색하게, 교수님과 문우님들의 열정과 투혼으로 동인지 2집 『이런 봄날 있었다』를 세상에 선보이게 되어, 부족함이 많은 회장으로서 만감이 교차한다.

끝으로, 아낌없이 지도해주신 교수님과 끝까지 동행한 문우님들께 감사드린다. 그림과 글씨로 표지를 장식해 주신 김진수 작가님, 책을 발간해 준 이미지북 오종문 대표님, 기꺼이 편집에 참여해 주신 조경옥·이선형 작가님께도 고마움을 전합니다.

앞으로도 더욱 발전하는 성북문예창작회로 거듭나기를 마음껏 응원하고 축복합니다.

2024년 이른 봄

회장 이정자

4

모두가 행복했던 공감과 소통의 장

성북문예창작회 동인지 제2집 『이런 봄날 있었다』 출간을 기뻐하며 축하합니다.

그동안 덕 많으신 스승님, 문우들과 함께 한 글 사랑의 시간이 주마등처럼 스쳐지나갑니다.

바쁜 일상의 삶 속에 우리 문예 창작 시간은 나를 찾아가는 시간이었으며, 나이의 무게감에 짓눌린 시간의 어둠을 밝히는 등대의 역할을 해 주었습니다.

이 등대의 불빛은 우리 내면에 숨겨진 문학에 대한 열정과 감성을 끄집어내어 밝게 비쳐주었고, 매일매일 삶의 활력소가 되는 길을 안내해 주었습니다.

지난날 소중한 시간의 삶들이 오롯한 문장으로 살아나 우리들의 마음을 더 끈끈하게 묶어주고 있습니다.

글쓰기와 인성을 함께 강조하신 교수님. 사려 깊으신 회장님, 서로를 아끼며 배려해 준 문우님들, 모두가 행복했던 공감의 장이었으며 소통의 장이었습니다.

다시 한번 동인지 『이런 봄날 있었다』 발간을 축하합니다.

고맙습니다. 사랑합니다.

2024년 물오름달에

고문 장정복

초대의 뜰

유지화

유지화

우리네
사는 일이
이런 봄날이면 좋겠다

스치는 자리마다
온기로 가득했으면 좋겠다
모란을 동백이라 해도
그래그래
웃어주는 사이

그저
생각만으로도
행복해지는 사이
그랬으면 참 좋겠다.

오월 시편

1.
아들아 네가 처음 기도를 가르쳤다
아는 이 모르는 이 사랑하게 하소서
오늘도 그리고 내일도 진실이게 하소서

2.
사랑둥이 아가 있어 하늘을 공부해요
하늘은 가진 것 다 주어도 생색내지 않아요
해와 달 빛나며 빛이 되며 강물 같은 시를 쓰죠

3.
체화된 지성미 선한 예지 깃들기
감성은 다정하고 웃음은 온유하기
그렇게 사랑하고 사랑받기 나날이 푸른 하늘

겨울 연가

나뭇가지 창을 삼아 겨울산에 오릅니다
잎잎이 수액일 땐 아무것도 안 뵈더니
그 잎새 다 지고나니 말간 하늘 보입니다

억새꽃 뒤로 하며 겨울강을 건넙니다
은어 떼 눈 맑음이 읽어내는 물소리로
묵언의 천 길 내 사랑 파문 지어 안깁니다

무지의 들녘에서 하늘을 보옵니다
소낙비 뒷걸음질친 산마루 구름 저 편
눈송이 그대 맘 되어 내 안 깊이 내립니다

'물의 정원' 가을 오디션

'물의 정원' 가는 내가 초대받은 나비 같네

손주들 놀던 자리 은종소리 배어나듯

여우비 스쳐 간 호수 코스모스 피어나네

태양은 타래를 풀어 햇물 가득 쏟아놓고

달님은 붓을 내려 가을 색 입혀주고

바람은 길마다 다른 사연 호숫가에 부려놓고

인생 동화 동창회

시詩 한 줄 읽지 않은 돌래마을 복순이

일마다 인생 로또 다락 같은 선심 공세

'얘들아 쿠루즈 여행 어때, 비용은 내가 쏠게'

시詩 백 수 눈 감고 외는 상신리 태준이

때마다 인생 쪽박 율律을 잃은 아리아

'쩐이여, 참을 수 없는 존재의 위대함이여'

해오름 뜰

한상천   조성은

조경옥   정명숙

한상천

사랑한다 상천아!
늘 목말라 애태우던
배움의 시작
월요일부터 금요일까지
하루에 두세 시간씩
건강체조, 에어로빅,
실버체조, 나인댄스,
필라테스, 힐링요가, 가요,
민요, 한자 쓰기,
제일 좋아하는 한글 서예 등
감사와 행복…
뭐라 표현이 어렵다.

주말, 외로운 노인을 찾아가
말벗도 해드리고
내가 할 수 있는 도토리묵도
쑤고 나라미로 떡도 빼서
나눔을 하고, 모란시장에서
쌀 뻥튀기 튀겨 한 봉지씩
나누는 이 모든 것이
나의 행복 만들기다.

나의 삶 나의 인생

부모님의 고향

아버지는 충남 서산 태안이 고향이셨고, 어머니는 충남 서산 남면이 고향이셨다. 아버지는 3남 2녀 중 둘째, 어머니는 3남 4녀 중 장녀였다. 아버지 23살, 어머니 16살. 그냥 입 하나 덜기 위한 처녀·총각 만남의 결혼식이었나보다.

결혼 후에도 가족 생계를 위해 남의 집 머슴 일도 하셨다니, 7년이 지나도록 어머니는 임신도 못하셨다. 그 후 아버지의 결단으로 연고도 없는 인천으로 삶의 터전을 옮겼다.

자세한 내력은 알 수 없지만, 큰 배를 만드는 우리나라에서 손꼽을 만큼 큰 회사(조선기계제작소)에 취직하셨다.

회사에서 사택을 주어 집도 해결되고, 두 분이 깨 볶는 소리 뿜뿜.

우리 4남매는 인천에서 태어났다. 무탈한 생활 속에 10년 만에 첫째 언니를 낳고, 이후 셋을 더 낳으니 얼마나 금지옥엽 키우셨을까?

아버지는 한 집의 가장으로 모든 경제까지 알뜰살뜰 책임지시고,

온순하고 착하셨던 어머니는 우리 4남매 입성 깨끗이 해서 키우는 그야말로 내가 원하던 현모양처이셨나보다.

부모님의 사랑

안 계신 조부모님 사랑은 모르고 컸어도, 부모님의 사랑은 그 누구

도 따라오지 못할 것이다.

4남매가 태어날 때마다 출생신고하기가 바쁘셨고, 그곳도 양력으로 정확히 신고해 준 아버지! 집 옆 하수조합에서 큰 민어를 사다 간식으로 어포를 만들어주고, 어두일미魚頭一味라며 보양식으로 탕을 끓여주던 기억이 생생하다.

약하게 태어나 건강이 안 좋은 언니에 비해 둘째인 나는 좀 달랐다.

병원에 자주 다녔던 언니 때문에 어머니의 보살핌을 받지 못한 나는 모든 걸 혼자서 해결해야 했다. 그래서 무엇이든 내 앞가림을 알아서 척척 하는 편이었다.

4학년 때 처음으로 보는 주산 급수시험 7급에 합격하고, 5학년 때는 6급, 6학년 때는 5급에 합격했다. 반면에 친구들은 그렇지 못했다. 하지만 내가 급수시험을 볼 때마다 합격한 것은 내가 잘 나서가 아니다.

동인천역 앞에 주산학원이 딱 한군데 있었지만, 부모님이 학원에 보내준 것은 아니었다. 그래서였는지는 모르지만 조그만 체구의 나는 혼자서 그렇게 파고들었던 것 같다.

6학년 특별활동 시간에는 서예반에서 열심히 활동한 결과 중학교 입학을 특기생으로 입학했다.

친구들이 보는 입학시험도 안 보고 면접만으로 합격했던 일이 부모님께는 자랑이었던지, "요런 걸 선물 주셨나!"하면서 무척 행복해하시는 모습도 보았다.

1950년대는 주산 4급에 여상고를 졸업하면 졸업과 동시에 은행에서 특채로 데려가는 때였으니, 내 앞날은 탄탄대로라며 이웃 어르신들도 칭찬에 입이 마른다.

그런데 내 몫을 다 하려고 열심히 할 때, 아버지는 젊은 나이에 건강을 잃고 몇 년 전에 회사를 퇴직했다.

곤색 헝겊 가방에 가득한 퇴직금 돈 가방이 벽장 안에 있는 것을 보았다. 지금 같으면 그 돈을 은행에 맡겨 이자로 생활했으면 되었을 텐데, 곶감 빼먹듯 하는 생활에도 어린 나는 우리집이 부자라고 생각했다. 그래서 내가 원하는 대로 부족함이 없이 뒷바라지해 주는 줄 알았다.

그런데 중학교 1학년 겨울방학 때, 아무것도 모르는 얌전한 42세 엄마와 우리 4남매는 고아가 되었다.

소녀 가장

아버지 자리가 그렇게 큰 줄도 모르고, 아무 걱정 없이 신나는 일 밖에 모르던 나에게 학교 중단은 엄청나게 큰 충격이었다.

어찌 보면 중학교를 졸업한 것도 나에겐 사치였다.

초등학교 4학년, 1학년 두 동생이 눈에 밟혔다. 모든 것을 양보하고 이웃에 사는 언니 주선으로 중앙시장 중앙모자점에 점원으로 취직했다. 그 언니는 모자점 바로 앞 가게에서 PX 물건인 미제 화장품 등을 팔았다.

내 나이 15살, 가게 물건을 팔면서 심부름만 하는 것이 아니라 스웨터 짜는 집에 급한 물건이 있을 때는 심부름도 다녔다.

취직한 지 1년도 안 되었을 때다. "나도 기술을 배우고 싶다"라고 사장님께 말씀드렸더니, 기술은 한 2년 후에 배우라고 설득했다.

쪼끄마한 것이 하는 말. "저는 두 동생을 공부시켜야 해서 돈을 더 많이 벌어야 한다"고 고집을 피우자, 사장은 "그럼, 약속하자. 기술을 배우면 꼭 우리 집 일을 해야 한다"면서 허락했다.

1년 만에 점원 생활을 그만두고 편물학원에 입학했다. 그런데 인천에도 편물학원이 몇 군데 있었던 것 같은데, 명동성당 앞에 있는, 서울에서 제일 소문난 크로바편물학원을 찾아가 등록했다.

그 당시 어찌 그런 행동을 했는지는 나도 잘 모른다. 혼자서 서울까지 매일 다닌다는 것은 생각할 수도 없었다.

하지만 인천에서 기차를 타고 서울 학원에 가는 통학길은 마치 대학생이 되어서 등하교하는 것 같은 그런 느낌이었다.

아주머니들이 많은 학원 수강생 중에 단발머리 어린 게 열심히 배우는 모습이 기특했는지 많이 귀여워주었다.

선생님과 선배님들의 사랑을 받으며 속성과 3개월 만에 민짜만 짜는 것이 아니라 도요타 기계 양판물결 무늬도 척척 해내는 솜씨였다.

아무튼 주위 분들의 칭찬을 먹고 자라는 아이였으니….

승승장구

기술자로 그칠 것이 아니라 우리 집에 공장을 차리자는 생각을 했다.

털실도 풀어주고 완성된 스웨터 다림질도 할 수 있는 아주 큰 힘의 어머니가 집에 계셔 용기를 얻을 수가 있었다.

그렇게 해서 17살짜리 소녀 가장은 기술자 21살의 명희 언니, 19살 석함이 언니. 두 언니와 도요타 양판 기계 1대, 평판 기계 2대 등 3대로 첫 사업을 시작했다.

계산법은 이러했다.

스웨터 공정이 6,000원이면 모자점 사장님이 2,000원, 일감을 받아오는 내 몫으로 2,000원, 나머지 2,000원이 두 언니 기술자 몫으로 돌아가는 구조였다.

거기에 일 잘한다는 입소문을 듣고 직접 찾아온 고객에게는 실값에서 이익금을 남기고, 또 주인 몫인 2,000원까지 내 소득이었다. 그때는 남자 어른 공무원보다 수입이 더 많아 가정 형편은 하루하루가 행복했다.

두 동생의 학부형인 단발머리 소녀인 내게 예쁜 아가씨 담임선생님이 조심스럽게 묻는다.

"ㅇㅇ이는 진학을 꼭 해야 하는데….”

"네! 당연히 보내야죠."하고 대답하자, 선생님이 놀란 표정을 지었다.

가정환경기록부에 아버지도 안 계시고, 그렇다고 오빠도 없는 여자가 엄마와 어린 남동생과 살고 있었기에 대학 진학은 어려울 것으로 판단했던 것 같다.

그 이후 처녀 선생님은, '이렇게 화목한 집은 뵙기 어렵다'며 몇 년을 두고 추석과 설 명절 때면 어머니한테 인사도 다녔다.

막내 남동생의 고 2학년 때가 생각난다.

나는 어느덧 23살의 아가씨로 성장했다. 그때 그 시절은 모든 물자가 부족하다 보니, 시험지도 앞뒤 등사기에 인쇄해서 시험 보던 때였다. 그런데 문방구에서 깨끗한 시험지를 양손으로 들기 힘들 정도로 사다 주는 단발머리 학부형인 나를 최고로 생각하셨다.

잘 못 끼운 첫 단추

여동생은 이천 기독병원 원무과에 취직했고, 남동생은 군 입대를 했지만 홀로 계신 노모 부양을 위해 6개월 만에 의가사 제대를 하고 대한항공에 입사했다.

그러는 동안 편물은 예쁜 기성복 스웨터에 밀려 내리막길이었고, 이를 벗어나기 위해 결혼 맞선도 한 번도 안 보고 열심히 일하는 동안 내 나이 25살이 되었다. 모든 일을 내가 스스로 결정하면서 추진해야 하는 나는 약간 초조해졌다.

나의 결혼 이상형은 부모 다 계시고, 형제 많은 집 맏며느리가 동서들 잘 챙기며 우애 좋게 지내는 집안의 남자였다. 그야말로 쉽고도 어렵다는 현모양처가 꿈이었다.

그런데 꿈은 꿈이었다. 실제로는 정반대였다. 결혼 상대자는 조실부모에 실종된 형님 한 분과 본인 혼자였다. 다행히 사촌은 백부님과 백모님도 계시고 형제도 많았다. 그래서 사촌을 친형제처럼 지내면 되겠지가 내 생각이었다.

사촌 형수님 소개로 만난 남편은 월남 파병 군 복무를 하고, 현지 외국인 회사에 근무할 때였다. 눈에 콩깍지가 씌워지니 부모님이 안 계시고 형제 없는 것이 아무런 걸림돌이 되지 않았다.

월남에서 큰 액수의 돈을 벌어서 시골 큰댁의 빚도 갚아주고 논밭도 사 주니, "월남 삼촌, 월남 삼촌"의 인기는 하늘 높은 줄 몰랐다. 하지만 남는 것은 오류동역 앞에 신혼집을 지을 땅 30평이 전부였다.

아버님과 사돈 장인 어르신이 주먹구구로 집을 짓다 보니 자재가 많이 남았다. 그러자 2층으로 올렸다.

한 층은 형님네, 한 층엔 우리가 살 것이라고 했다. 약혼녀는 약혼자도 없이 인천에서 오류동으로 출근해 수시로 담배 보루며 우유, 빵 등 간식을 사다 드렸다.

남편이 귀국해서 결혼하고 입주할 때쯤 아주버님은 미제 약을 병원에 납품하는 직업이었다.

그런데 이게 무슨 운명인가!

간첩이 내려와 집집마다 검문검색을 할 때 적발되었다. 큰돈이 들지 않고서는 이 사건을 해결할 수 없어 결국 집을 처분해야 했다. 여기서 첫 단추가 잘못 끼워졌다.

50% 책임이 힘이었다

주거 문제로 모든 계획이 어그러지자, 자연스럽게 우리 집에서 신혼생활을 시작했다.

아들 같은 새 식구가 생겨 모두가 좋아했지만, 남편 본인은 뜻대로 되지 않는 것에 마음을 못 잡고 방황했다.

결국 적응을 못한 남편은 태어나고 자란 부산으로 내려갔다. 부산에 친구가 많으니, 그곳에서 자리를 잡겠다고 했다.

확 달라진 생활에 황당하긴 나도 마찬가지였다. 불러오는 배 때문에 남편을 따라 부산으로 갈 수가 없었다.

첫아이 출산 후 어머니의 넘치는 사랑으로 산후조리 잘 받고, 백일이 지나 아주버님과 함께 부산으로 가 우리 세 식구 생활이 시작되었다.

똑 닮은 아들과 아내를 만나 고맙고 미안한 표정이었다.

월남에서 목숨 걸고 많이 벌었다는 건 결혼 전 일이고, 아무것도 없어도 난 살 수 있다는 자신이 있는데 남편은 달랐다.

집에 들어오면 식구가 최고인 줄 아는 사람이 대문 밖에만 나가면 완전히 달라졌다.

친구가 좋고, 직장 동료, 선후배만 좋아해 집안 일은 신경도 쓰지 않았다. 말 그대로 사람만 좋았지 생활력은 아주 빵점이었다.

고아처럼 혼자 자라 결혼하면 식구밖에 모를 것이라는 내 생각은 희망사항이었으며, 주는 사랑도 받을 줄 모르는 것 같았다.

그런데 이번에는 서울로 직장을 옮긴다고 한다. 참으로 무책임한 사람이었다.

칭찬만 먹고 살던 생활력 강한 소녀 가장이었던 나는 이해할 수 없었다. 하지만 두 아이를 잘 키워야겠다는 생각뿐이었다. 이혼이라는 단어를 입 밖에 내 본 적 없이 참고 살았다.

엄마 50%, 아빠 50%. 합해서 100%가 자식 책임이면 어느 한쪽 50%만이라도 확실하다면 결손 가정에서 크진 않을 거라는 생각에 앞만 보고 살았다.

이런 내 마음을 알아주는 듯 두 아이는 힘과 용기를 주었다. 그런데 생활력 없는 남편이 늘 문제였으며 사건을 만들었다.

남편은 맞벌이하는 우리 집이 잘 굴러가는 줄 알고, 동료들의 보증 부탁을 거절하지 못했다. 결국 보증을 서준 게 문제가 되어 집과 개인택시 중 하나를 처분해야 했다.

생계 문제로 집을 처분하고 방 한 칸짜리로 이사했다. 그것도 평소 잘 지내던 야쿠르트 애음자 분이 빌려주셨다. 일하다가 점심 식사를 위해 집에 들어가려면 쪽문을 열어야 했다. 그런데 내 삶이 부끄러워 사람이 지나가고 나서야 열고 들어갔다.

딸은 학교 갔다 오면 "엄마~~~" 하고 큰 소리로 씩씩하게 부른다. 환경이 바뀐 건 애들에게도 마찬가지였지만, 불편하거나 창피한 내색을 하지 않아 미안하고 고마웠다. 아들딸들도 힘들 텐데 말이다.

당시 중·고생이 있는 집안의 필수품이었던 피아노도 거실에 없고, 또 개인택시를 하던 아버지가 출근할 때면 대학생 아들과 고등학생 딸이 쪽문까지 나가 인사하면서 차가 안 보일 때까지 지켜보다가 들어온다.

그 모습도 고마웠다. 내 생각엔 방에서 인사하고 말지였는데, 그때 아들과 딸은 나에게 평생 효도를 다 해 준 것 같다.

또 직장생활을 열심히 한 덕에 우수판매점으로 선정되어 일본 연수를 갔다 오는 기회도 얻었다.

그때 인솔자 직원분이 '새로운 시작'이라는 문구를 주시며, 이번 사보에 특집으로 올릴 거라며 글을 써서 본사에 보내 달라고 했다.

나의 무엇을 보고 선택했는지는 모른다. 배움도 짧고, 글도 써 본

적이 없어 어찌어찌 마무리해 보냈는데, 사보에 실린 글이 화제가 되어 직매소마다 알려지게 되었다.

그때가 1997년, 내 나이가 53살 때였다.

새로운 시작을 위한 마무리

매년 이맘때면 늘 그렇듯이 지난날들을 되돌아본다.

현모양처란 꿈을 접어둔 채 애들 교육에 보탬이 될지 싶어 서른이 갓 넘어 야쿠르트와 인연을 맺었다.

그 당시 막 초등학교에 입학했던 아들이 군에 입대했고, 돌봐주는 손 없이는 어려웠던 네 살배기 공주가 사회에도 집에도 작은 보탬을 주고 있는 직장인이 되었다.

내 아이들이 이렇게 변하는 동안 내 애음자들은 얼마나 많이 변했는가?

이사 온 지 며칠 안 돼 집도 못 찾던 좋은미용실 우협이가 올해 서울대학에 진학했고, 건강 상태가 안 좋아 늘 잘 울던 은주, 야쿠르트 아줌마 달램에 그치던 이 아이가 하얀 웨딩드레스를 입던 날이었다.

맞벌이 아들 며느리 출근에 손주들 학교 보내고 점심을 같이 먹자고 기다리시던 진석이 할머니, 첫돌도 안 된 아기부터 거동이 불편한 노인까지 날 반긴다. 그리고 사랑하던 야쿠르트 가족이 된 것에 대한 긍지와 보람으로 지구 활동을 멈추지 않았다.

20년 전 선배님 노고에 비해 요즈음 신점들은 작은 야쿠르트 매력에 빠져 맛을 보았는지 안타깝다.

내 기억으로는, 야쿠르트 창립기념일에는 물컵에서 편지꽂이를 선물해 주었고, 나중에는 곰솥과 압력솥 등을 증정해 주었다.

그리고 봄에는 야유회, 가을에는 야쿠르트 대회, 겨울에는 삼계탕과 우족 등을 선물해 주었다. 어디 그뿐인가. 판매점 복지제도로 보험적금도 시행되었으며, 사시사철 매사에 신경을 써 주었다.

그런데 경제가 안정이 된 것인지, 3D 현상으로 후보점이 부족하고 일은 점점 힘들어지는 것을 피부로 느끼면서 점주들의 활기차던 의욕이 상실되고 있는 것 같다.

어디부터 근본 치료를 해야 되는지는 알 수 없지만, 야쿠르트 구천여 명의 가족이 힘과 마음을 합하여 연구하고 단합해서 새로운 시작을 위하여 더 뛰고 싶다.

그 동안 얻은 인생 공부로 무료 노인대학교 학장이 되어 10년 후 내 또래 친구들과 옛이야기를 하면서 고부 간의 문제점도 슬기롭고 지혜롭게 해결하고, 우리 힘으로 할 수 있는 일을 찾아 존경받고 인정받는 어른이 될 수 있는 교육을 서로 의논하여 실천해서 새 인생에 보람된 삶을 찾고 싶다.

남편의 네 바퀴와 내 두 바퀴가 합쳐 여섯 바퀴가 운행에 별 지장이 없는 한 꿈은 꼭 이룰 수 있다고 믿고 싶다.

남편의 네 바퀴는 남편 개인택시, 내 두 바퀴는 야쿠르트 손수레케링카 두 바퀴이다.

음주운전

아들은 90학번으로 대학에 진학하고, 군 복무를 마치고 취업해 결혼까지 하고 손주까지 품에 안겨 주었다.

그야말로 삐거덕 소리 한번 없이 사회생활을 잘해주는 아들이었다. 비록 남들도 다 할 수 있는 일이었지만 그것마저 나는 고마웠다.

딸은 취업 1년 만에 다시 대학에 진학했다. 딸을 대학에 진학시켜 학업을 계속할 수 있도록 엄마 자리를 만들어 준 것이 내가 버티는 힘이었다.

그런데 남편은 아들 결혼식 날을 잡아놓고 음주운전으로 운전면허와 개인택시 면허가 취소되는 말도 안 되는 황당한 일을 벌였다. 당시 남의 돈 3천만에 구한 개인택시가 시가 5천만 원 되었을 때다.

택시만 없어진 것이 아니었다. 조합원끼리 서로 보증만 해 주면 천만 원 빌리기가 쉬웠을 때, 4명이나 동료 보증을 서 주고 못 갚은 상태라 매달 일정 금액을 불입했다.

8년 근무했으니 800만 원 정도의 퇴직금을 받아야 함에도 보증을 선 빚으로 다 제하고도 모자라 한 보따리 부채만 남았다. 이 정도면 남편 흉 좀 보았다고 내가 크게 잘못 하는 건 아닐 것이다.

그 와중에도 두 아이는 4개월 사이로 해를 건너 결혼하고, 다시 힘을 내어 내가 일하는 구역 내에 조그마한 구멍가게를 시작하게 되었다.

이것 역시 돈 한 푼 없었지만, 그동안 쌓은 신용 덕분에 가능한 일이었다. 엎치고 덮친 속에서도 인복이라는 큰 힘으로 버틸 수 있었다고 생각해 본다.

하지만 가게를 하면서 남편의 새로운 모습을 발견했다.

매일 정확하게 꼼꼼히 장부 정리를 했으며, 물건도 깨끗하고 정갈하게 진열해 놓고, 손님한테 친절함은 물론이고 꼬마 손님은 길 건너갈 때까지 챙겨주는 인자한 할아버지가 되어 가면서 가게에 손님이 날로 늘었다.

가게의 단골 손님들은 남편이 공직에 근무하다 정년퇴직을 하고, 가게 일을 돕는 것으로 생각할 정도였다. 날마다 늘어나는 부채의 이자를 갚기 위해 잠도 안자고 일해야 하는 집인데도….

사람이 변하면 죽는다는데…

결혼한 두 아이는 격주로 본가에 다녀갔다. 남편은 매주 만나는 자식들이 반갑고 행복해 구멍가게 돈 서랍 관리에 바쁘게 지냈다.

엄마가 힘들다고 음식을 가져다주는 아이들에게 "엄마한테 잘해. 너희 엄마가 아니었으면 너희들은 대학 문 앞에도 못 가봤을 거"라며 전에 하지 않은 행동을 했다.

사람이 변하면 죽는다는데 보통 변한 것이 아니었다.

바보처럼 어리석게 이용만 당하고 살았던 지난 삶을 많이 후회하면서 건강까지 잃기 시작하더니, 가게를 시작한 지 4년 만에 먼저 먼 곳에 갔다.

2008년 1월에 장례를 치르고 나니, 이번엔 꼭꼭 숨겼던 금융회사에 6년 반 동안 매달 165,000원씩 갚아야 하는 부채가 있었다.

파산 신고를 하자는 아이들 말에, 파산한 아비의 자식으로 만들기 싫었다. 결국 아이들 아버지 아파서 누워있는 약값이라 생각하고 6년 반을 갚았다. 그런데 이상하게도 미움보다는 허전함이 앞서는 것은 어떤 이유일까?

자연스럽게 30년 동안 해온 야쿠르트 배달은 퇴점을 했다. 힘든 생활 속에서도 늘 이웃을 둘러보는 마음은 매우 컸던 것 같다.

구역 내 외롭고 힘든 할머니 세 분을 찜해서 몇 년을 챙겨드렸다.

한 분은 요양원에 들어가셨고, 한 분은 교통사고로 돌아가셨는데 그 할머니 조카 따님이 평소에 우리 고모가 야쿠르트 아줌마 말씀을 늘 하셨다며 직매소까지 찾아와 인사를 한다.

옆집에 누가 사는 줄도 모르는 각박한 세상에 본인도 힘들게 일하면서 독거 할머니께 말벗도 해 주며 딸처럼 챙겨드리는 아줌마가 있다는 소문이 신문기자에게까지 전해졌는지 날 찾아와 인터뷰해 가면서 신문에 기사가 나가기도 했다.

또 25년 근무 때는 이금희, 손범수 아나운서가 진행하는 KBS 아침마당에 출연도 했다. 25년 동안 움직인 거리로 볼 때 지구 세 바퀴 반을 걸었다면서 세 명의 여사님과 함께 출연했다. 그리고 불교라디오 방송에 출연할 때 교통비로 지급된 10만 원을 불우이웃을 위해 기탁했다.

어렵고 힘들 때 애음자 도움으로 버틸 수 있었다면서 주위의 도움을 모두 거절하고 본인 자리에서 열심히 일했다.

제2막의 새 인생

혼자 가게를 하면서 할 수 있는 일을 찾았다.

주택가에 맡기기 힘든 택배 물량을 위해 우리 가게를 중간 보관소로 활용하게 했고, 이웃 할머니가 몸살감기로 식사를 못 하시면 소고기국과 전복죽은 아니어도 감자·양파에 들깻가루 한 스푼 넣고 만든 채소죽을 끓여다 드렸다.

그때마다 맛있게 먹고 고마워하는 할머니의 모습은 작은 행복으로 나에게 되돌아왔다.

장위동에 뉴타운 재개발이 시작되었다. 2017년 보상금 2천만 원과 남은 물건을 정리해 남은 부채를 모두 갚았다.

비록 허름한 집에 공동화장실을 함께 사용하는 보증금 100만 원에 10만 원하는 월세방 한 칸이어도 남 줄 것이 없으니 두 발 뻗고 잘 수가 있었다.

내 자신의 임대 주택부터 챙기지 않았던 일도 참 잘했다고 나 자신을 스스로 칭찬해 주고 싶다.

77세 한상천에게도 제2막의 새 인생이 기다리고 있었다.

2021년 6월 3일, 강남 수서 주공 영구임대아파트에 입주하여 모든 것에 감사, 또 감사할 따름이다.

그리고 고약한 코로나가 종식되어 가고 있을 때, 단지 내 복지관에서 노인대학 수업이 시작되었다.

늘 목말라 애태우던 배움이 시작되어 월요일부터 금요일까지 하루에 두세 시간씩 건강체조, 에어로빅, 실버체조, 나인댄스, 필라테스, 힐링요가, 가요, 민요, 한자 쓰기, 제일 좋아하는 한글 서예를 배웠다. 이런 감사와 행복을 그 무엇으로도 표현하기도 어렵다.

주말에 외로운 노인들을 찾아가 말벗도 해드리고, 내가 할 수 있는 도토리묵도 쑤고, 나라미로 떡도 빼서 나눴다. 그것도 할 수 없을 때는 모란시장에서 쌀 뻥튀기도 해다가 한 봉지씩 나누어 드리는 모든 것이 행복 만들기였다.

이곳에 이사 온 지 석 달 만에 서류 자격도 없는 나에게, 옆집 소개로 아르바이트로 일할 수 있게 주선을 해줘 일도 하고 있다. 남들이 뭐라하든 이 나이에 청소 일까지 해야 하느냐는 한탄은 1%도 없다.

노인네가 새벽에 잠도 없는데 일할 수 있어 좋고, 걸어서 10분이면 도착할 수 있는 거리이며, 무엇보다도 원장님의 인성과 친절함에 감사한다. 무엇보다도 손주들이 대학 입학할 때 넉넉히 축하금을 줄 수 있어 너무 기쁘다.

일하는 시간대가 병원 식구들과 만나기 어려운 시간으로, 급여는 원장님과 나만의 비밀장소에 두시면 내가 가져오고 카톡으로 인사를 드린다.

매월 말일이 급여 날인데, 이번에는 28일에 챙겨주신 봉투가 비밀장소에서 '까꿍' 하면서 날 반긴다. 연말이라 고마움에 좀 긴 메시지를 보냈다.

★바쁘신 원장님 벌써 급여를 챙겨두셨네요.

올 한 해도 '미모던'과 일할 수 있어 행복했습니다.

2024년에도 원장님 건강 챙기시면서 더 바쁘신 날이 되었으면 합니다. 늘~~~ 고맙고 감사합니다. 우리 원장님★

★한 해 동안 고생 많이 해주셔서 감사드립니다.^^

이모님 덕분에 우리 병원이 깨끗하다는 칭찬을 많이 받습니다. 경영상에 큰 도움이 되고 있습니다. 항상 건강하시고 새해 복 많이 받으세요.^^★

답글을 몇 번이고 또다시 읽어본다. 나를 인정해 주셨으니 더 잘하고 싶은 생각뿐이다. 이렇게 노후를 잘 익어가면서 새로운 목표도 생겼다.

다음 생에도 남편을 만나 한 번도 못 해본 바가지를 긁고 싶다. '그때는 왜 그랬느냐'며 생활력 강한 여자가 되어 최고의 삶을 만들어가며 살고 싶다.

그래도 남편을 많이 사랑했나 보다. 훗날 만날 생각에 설레기까지 하는 걸 보면 말이다.

이제는 자식에게 물려줄 재산은 없지만, 빚만큼은 물려 주면 안 된다는 내 생활신조가 생각대로 되었으니 더 이상의 행복은 욕심이다.

그동안 수고 많이 했다. 상천아!

사랑한다 상천아!

조성은

90살 밑자리 깔아놓고서야
이름 하나 지어 받았습니다.
'性恩'
마음 심(忄 =心)이
둘이나 들어 있어
'은혜로운 사람',
'베풀라'는
후덕한 뜻이 들어 있습니다.

평소 이름에
불만이 많은
나를 위해
한문학에 박식한
장정복 인형仁兄이
마음을 담아
지어준 이름입니다.

방학동 일기

코코로나가 엔데믹으로 돌아설 무렵
30년 넘게 살던 집에서 방학동으로 이사를 하고
뇌졸중이던 영감님의 병세가 위중해서
요양병원에 입원하면서
심경의 변화가 컸습니다.
학이 알을 품은 곳이라는 방학동은
변방이라는 장점도 있습니다.
산이 있어 공기가 좋습니다.
마당 넓은 옛집의 장점이 빠진
빌라 옥상을 마당으로 대신하고
꽃도 키웁니다.
매사에 까탈스럽지 않고
새 이름에 걸맞은 후덕한 사람이 되려
마음공부도 하며 지내려 합니다.

이과 기질 문과 기질

2028년부터 수능에 심화 수학인 미적분 II가 선택과목에서 빠지고, 모든 학생이 문·이과 구분 없이 같은 시험을 본다는 안에 이공계는 반발하고 교육부는 그 이유를 들어 반박한다.

심화 수학이라는 미분과 적분은 어떤 것인가?

과학의 기초학문으로 지금의 첨단기술들이 다 여기에서 나온 모태이다.

미분은 말대로 무한히 잘게 세밀하게 자르는 것이고, 동전의 양면과 같은 것으로 이공계에 없어서는 안 될 과목이다.

이런 미적분이 빠지면 수학 실력 하향을 조장하는 것이고, 선진국에서는 미적분뿐 아니라 기하까지 시험 보지 않는 나라는 없다며 어불성설이라 펄쩍 뛰는 이공계 입장도 그럴만하다 싶다.

국민참여위원회(학부모와 학생 50명)에서도 같은 생각으로 미적분 II와 기하까지 넣자는 의견이 많았다.

교육부의 입장은 수능 과목을 단순화해서 선택과목에 따른 다양한 과목을 배운 융합성 인재를 위한 목적이라고 말한다.

교육위원회는 사교육비 문제를 들어 학부모 부담을 줄이자는 의견이고, 시민단체에서는 수능에 심화 수학을 포함하면 초등학교 때부터 미적분을 배워야 하는 사교육비 폭등을 말했다.

도대체 심화 수학 미적분은 무엇인가?

17세기 들어 뉴턴과 독일의 라이프니츠가 정리하면서 나온 개념이다.

공학에도 언어가 생기고, 이 공학에 언어가 생기면서 문명이 눈부시게 발전했고, 우리는 그 혜택으로 편리하고 안락한 삶을 누리고 있는 것이다.

AI(인공지능)의 공학, 요상할만큼 신기한 AI의 활동이 사람을 능가할까 무섭다.

이과 기질 문과 기질은 타고나는 것이라 싶다.

철저한 문과 기질인 나는 수학은 초등학교 산수로 끝이 났다.

대수 기하 시간이 토요일 외는 늘 들어 있어 학습 성취도도 떨어졌고, 중위권을 넘어설 수 없는 마지노선이었다.

노인 백서

104살이 되신 김형석 명예 철학교수께서 새해 인사를 하셨다.

시인이 되고 싶다. 여자 친구 구인광고를 내겠다는 편지를 띄웠는데, 반응이 좋아 '등단시켜 드리겠다, 시인의 전당으로 모시겠다'는 연락이 곳곳에서 왔었다고 한다.

102살 때에는 두 살배기로 비행기 탑승을 하셨다.

항공사가 세 자리 숫자 시스템을 입력하지 못해서 2살로 탑승을 하고, 100살 젊어졌다고 좌중을 웃게 한 유머 넘치는 어른이시다.

한 세기를 넘기고 네 살배기가 된 노 교수의 노인 백서가 알차고 짓궂다.

노인 인구가 20대를 넘어서고 평균 나이가 83.5세다.

노인은 많고 할 일은 없다. 세계 어느 나라보다도 노령화가 빠른 속도로 가고 있다는데, 젊은이들은 한사코 독신으로 지내겠단다. 인구가 국력인데….

60년대를 전후한 산아제한은 국가 시책이었다.

'아들딸 구별 말고 둘만 낳아 잘 기르자!'라는 표어가 곳곳에 붙어 있었다.

그 다음에는 '덮어놓고 낳다 보면 거지꼴 못 면한다.'

구호가 나오기까지도 자기 먹을 복은 타고 난다며, 낳았던 무지의 소치가 경제 대국을 만든 베이비 세대다. 그런데 이 베이비붐 세대의 아들딸들은 한사코 독신으로 살겠다고 한다. 인구가 국력인데….

  결혼하고서도 아기를 낳지 않고 반려견 묘집사를 자처하며 집착하고 애지중지한다. 병폐처럼 보인다. 반세기를 두고 우리는 이렇게 바뀌었다.

  산아 제한에서 출산 장려까지.

  어느 건설회사가 직원에게 출산장려금으로 1억을 내놓았다.

  격세지감이다.

  연명의료 의향서에 서명하고 걱정 하나 던 기분이었다.

  월다잉이 목표였는데, 아름답게 죽는 것보다 아름답게 늙는 것에 더 무게를 둔 앙드레 지드의 말이 더 설득력이 있다.

  스스로 화장실을 드나들 수 있는 것은 노인의 자존심이다.

  자기 몸을 여기까지 맡겨야 하는 장수는 재앙 같아서이다.

  책도 읽고, 일기도 쓰고, 참선하는 마음공부까지 생각은 빛나고 가슴은 설레게 두근거려야 한다.

  이성 친구를 만나는 것은 생경하고 낯부끄럽다.

  마음 맞는 친구 몇이면 된다.

  만나서 밥을 먹고 수다 떠는 일…,

  여행이 힘에 벅차고 부대껴도 떠나보는 것도 좋겠다.

조경옥

순간이 인생이다.

순간은
영원에 닿아 있고

영원에
순간이 깃들어 있다.

순간이 인생이다.

그리워라

양지 바른 툇마루
포근한 엄마 무릎베개
사르르 낮잠 들던
그 시절 그리워라

사금파리 조각 모아
알뜰살뜰 살림 장만
너는 아빠 나는 엄마
소꿉친구 그리워라

아버지

아버지 사시던 20세기는
남존여비 사상은 기본이었고
아들만 자식 취급 받았던 시절
나 하나 무남독녀 두셨지

남들이야 뭐라 하든 말든
열 아들 안 부럽다 고이 키워주셨네
그 사랑 그 고마움 어이 잊으리
그 사랑 그 은혜 어이 갚으리

바르게 살라 한 그 말씀 따르오면
빙그레 미소지며 기쁘시오리까
베풀며 살라 한 그 말씀 행하오면
딸자식 키운 보람 느끼시리까

남편의 고향길

다홍치마 녹색 저고리
하얀 버선 꽃신 신고
새신랑 따라서
조심조심 걷던 길

검은 머리 백발 되어
다시 찾아와 보니
그 어드메 계신가요
반겨주던 옛님네들

추억 속에 선명한
실개천 징검다리
싱그러운 젊은 날
남편의 고향길

독립선언문

무럭무럭 자란다고
좋아하고 있는 사이

어느새 훌쩍 다 커 버렸다

제가 알아서 할게요

이 말은
독립선언문이다

보물단지 콘서트

모범생 맏아들
분위기 메이커 둘째
센스 만점 고명딸

셋이 모이면
보물단지 콘서트

근심은 저리 가라
걱정도 저리 가라

그래 그래
맞아 맞아
가득한 웃음소리

그래 그래
맞아 맞아
사랑의 하모니

손주

그 이름 앞에
어떤 수식어를 붙이면

그에 대한 내 사랑이
오롯이 녹아들까

사랑한단 말보다
더 애틋하고
더 정겨운 말은 없을까?

내 사랑 손주들

며늘아기들에게

생면부지 낯선 집에
내 아들 하나 믿고
용기 있게 시집와 준
고마운 며느리들아

시댁 친정 다른 문화
서로서로 인정하며
너희들과 나
새 문화를 창조했지

든든한 사위에게

철부지 막둥이가
시부모님 사랑 받고
속 깊은 아낙이 된 건
모두 자네 공덕일세

아내 노릇 엄마 노릇
서툴고 어려운 일
너그러이 감싸 안고
사랑으로 보듬어줘

가정에선 알뜰 주부
직장에선 능력 사원
가정이 평화롭고
나라가 번영하네

칠순 잔치

언제 이렇게 나이를 먹었을까?

아가씨, 아줌마, 아주머니로 호칭이 슬슬 바뀌더니 급기야 할머니란 호칭까지 왔다.

마음 써서 대접해 주느라고 어르신이란 호칭을 쓰는데, 할머니든 어르신이든 다 늙은이라는 말이기에 듣기도 싫다.

그러면 뭐라고 부르면 좋겠느냐고 묻는다면 할 말도 없다.

할머니를 할머니라고 안 부르면, 뭐라고 부르라는 말인지 나도 대안은 없다.

늙은 게 싫어서 늙은이와 관련된 단어가 다 싫을 뿐이다.

그런데 자식들이 칠순 잔치를 해준단다.

늙은 게 뭐가 자랑이라고 잔치를 벌이고, 동네방네 나 나이 먹었소 하고 떠드나 싶어서 안 하고 싶었다. 그런데 이상하게도 남편은 하고 싶어 했다.

이유인즉슨, 미국에 사는 둘째네까지 모두 불러서 가족사진 한 장 찍어 놓고 수시로 보고 싶단다.

촌스러운 발상이라고 맘에 안 들었지만, 남편과 동갑이라서 공동의 잔치인데 나 혼자 안 한다고 우길 수도 없고, 또한 지나가 버리면 다시 되돌릴 수도 없는 것이 시간이니 그냥 받아들였다.

아들, 아들, 딸. 삼 남매 중에서 딸이 먼저 시집가서 아들을 낳았고, 맏아들이 다음으로 장가를 갔고, 마지막으로 둘째아들이 장가를 가더니, 금방 남매를 낳아서 동생들은 둘 다 부모가 되었다. 그렇지만 맏아들네는 결혼한 지 칠 년이 되어도 소식이 없었다.

남편은 칠순 잔치를 하고 싶다고 하면서도 맏이가 그때까지 아이 소식이 없으면 칠순 잔치는 생략하자고 마음먹고 있었다.

그런데 마침 맏이네가 결혼한 지 팔 년째 되는 해, 우리 칠순 2년 전에 아들을 낳았다.

그래서 칠순 잔치 때는 18개월 된 손자가 음악에 맞춰서 얼마나 춤을 열심히 추는지 손자의 춤 발표회장 같았다.

칠순 잔치를 안 하겠다고 우기던 내가 돌변하여, 모든 계획을 주인 공인 우리가 하겠다고 나섰다. 이왕 하려면 내 마음에 들게 하고 싶었다.

스스로 합리적인 사고방식을 가지고 산다고 자부하는 나로서는 그날부터 발 벗고 나서서 장소 찾기와 모든 프로그램 등을 설계하기 시작했다.

장소는 내빈들의 교통편의도 고려하고 비용도 비싸지 않으면서도 괜찮은 장소를 찾느라고 여러 날이 걸렸다.

옷도 맞춤으로 괜찮은 것은 백만 원 넘어가고, 보통 것도 삼십만 원 이상은 줘야 한다.

그러나 대여하면 식구 당 이만오천 원에서 삼만 원이면 충분하였다. 한 번 입고 말 것을 수백만 원을 들여서 옷을 맞출 필요가 없다고 생각했다.

프로그램 중에는
=삼 남매 부부 함께 큰절하고 인사말은 대표로 맏아들이
=손주들 네 명이 쪼르륵 줄 서 나와서 꽃바구니 증정
=우리 부부 노래(연애 시절부터 자주 부르던 이양일과 박재란의 '행복의 샘터')
=자식들이 양주동 작시 김동진 곡 '어머님의 마음' 제창

자식들도 크게 부담주지 않는 선에서 짭짤하게 잘 치렀다고 자평한다.

　우리 모르게 삼 남매가 이벤트로 칠순 잔치 기념으로 3박 4일 일정으로 온 가족이 함께 하는 동해안 여행을 계획하고 있었다.

　전혀 예상 못했던 선물이 고맙고 대견하였다.

　사진도 많이 찍고 추억도 많이 쌓았다.

　식탁 앞에 칠순기념 가족사진 붙여놓고 수시로 감상하며 타임머신을 타고 그 시절로 자주 되돌아가곤 한다.

　추억은 아름다워!!!

박카스 두 병

1970년대 어느 해 나는 초등학교 1학년 담임이었다.

그 당시에는 한 반 학생 수가 칠팔십 명이었다.

한글을 깨치고 입학하는 아이들도, 유치원 교육을 받은 아이들도 거의 없어서 단체생활 훈련, 질서 교육 등 기초 생활지도를 받은 아이들이 거의 없던 시절이다.

남자아이들은 넘치는 활력을 발산하느라고 잠시도 가만히 있지 못하고 늘 움직이면서 개구쟁이 짓을 하는 게 대부분이었다.

그런데 유독 남자 어린이 한 명은 너무나 의젓하고 질서와 규칙도 잘 지켜서 교사로서는 매우 편한 아이 한 명이 있었다. 늘 신경이 쓰이는 부분은 어린이다운 재잘거림이나 생동감이 부족해 보이는 학생이었다.

숙제도 잘해오고 그림일기도 날마다 써 오는 성실한 어린이였지만, 손을 들고 발표하거나 친구들과 어울려서 떠들고 신나게 놀이 하는 등은 하지 않았다.

노는 시간에도 조용히 앉아서 남들이 하는 것을 구경만 하면서 전혀 감정의 변화는 나타내지 않는 어린이였다.

알고 보니 아버지는 안 계시고, 육학년 형 한 명과 어머니 그렇게 세 식구가 어렵게 살고 있었다.

형이 가끔 동생을 보러 오는데 조신하고 인사성 있고 착해 보였다. 하지만 먼발치에서 봐도 몸이 약해 보이고, 영양실조에 걸린 사람의 안색이었으며, 의기소침해 보여 자존감도 부족해 보이는 듯했다.

어머니는 재래시장 앞 길바닥에 보자기를 깔고 나물 종류를 팔아서 세 식구 생계를 근근이 유지하고 있었다.

어린이다운 철없음이 안 느껴지고 세상을 다 체념한 어른 같은 표정을 하고 있어서 늘 마음이 가는 학생이었다.

쉬는 시간이나 방과 후에 자주 애정 표현도 해 주고, 간단한 심부름을 시키거나 쉬운 것을 대답하도록 하여서 칭찬하는 등 성취감과 자존감을 느끼게 해 주려고 노력하였다.

다른 아이들은 안 시켜줘서 불만인데, 이 어린이는 지명 당하는 것을 부담스러워 하였지만 계속 시도하였다.

지성이면 감천이라던가?

1학년이 끝나갈 무렵, 무표정하고 주변의 변화에도 아랑곳하지 않던 어린이가 가끔은 주변의 상황에 반응을 보이기 시작했다. 얼굴에 미소를 짓기 시작하면서 내면의 변화가 감지되었다. 이런 현상을 느끼면서 교사가 되기를 참 잘했다는 보람도 느끼게 해 주었다.

어느 날 방과 후에 어머니가 학교에 오셨다.

박카스 두 병을 내 손에 꼬옥 쥐여주면서 아이가 많이 밝아졌다며 고맙다는 인사를 연신 하며 눈물까지 보이셨다.

박카스 두 병 값을 만들기 위해서 얼마나 더 절약했을까를 생각하니 마음이 아팠지만, 안 받을 수도 없기에 고맙게 받았다.

그때 받은 박카스 두 병 선물은 내 평생에 가장 귀하고 값진 선물이다.

모두 모였다

현대사회에서 가족이 모일 수 있는 날은 명절과 조상님 제사 지내는 날이 아닌가 싶다.

친정아버님 제사에 가족이 모였다.

제사에 관한 것을 찾아보니 동서고금에 따라 그 해석 방법이 다르고, 해석이 다르니까 형식도 많이 다름을 알았다.

그동안 내가 어렸을 때 알고 있는 제사에 관한 것은 유교적인 것이 전부였다.

낮에는 산 사람들이 활동하는 시간이고 돌아가신 분들은 밤에나 활동하시기 때문에 제사는 밤 12시경에 지내야 한다고 해서 그리하는 가정도 꽤 있었다.

문명이 발달하고 동서양 교류가 활발해지면서 신앙과 해석에 따라서 요즘은 제사 풍속이 가정마다 달라진 것은 이상한 일이 아닌 시대가 되었다.

친정아버님은 유교적 성향이셨기에 제사를 유교식으로 지낸다. 그런데 조금 변형한 것은 지내는 시각은 그때 형편에 따라서 정한다.

올해는 낮 12시경에 지냈다.

그날 날씨는 아주 쾌청했다.

내가 밖을 내다보면서,

"아유! 하늘이 구름 한 점 없이 맑네!"

하였더니, 청소년인 손주 녀석이 하는 말

"윤동주의 시가 생각 나네요."

54

그래서 내가

"죽는 날까지 하늘을 우러러 한 점 부끄럼이 없기를"

하니까,

"잎새에 이는 바람에도 나는 괴로워했다."

자연스럽게 여기저기서 한 구절씩 시를 외워서 윤동주 시인의 「서시」를 완성 시켰다.

그러고는 윤동주 시인에 대해서 각자 알고 있는 내용을 한마디씩 하다 보니, 윤동주 시인의 시 감상 시간이 되었다.

항일 시인, 일본이 약물 실험 대상으로 옥사했다는 등등….

역시 조상님들이 제사 지내기를 바랐던 참뜻이 바로 서로 안부를 묻고 지혜를 공유하고, 서로 부족한 것을 보충하면서 화합하며 의좋게 살아가기를 바라는 마음일 것이라는 생각을 했다.

정명숙

부드럽고 적극적인
마음의 조화
손끝으로
뚝딱 만드는 작품 세계

그때의 희열
사람들과 소통하며
맛난 것 나눠 먹는 기쁨

집중할 때
꽃피는 행복감
원하는 것을 이루어 갈 때
느껴지는 성취감

딸을 위한 연가戀歌

어여쁜 우리 딸!
내 마음을
아무런 조건 없이 줄 수 있는 사랑스러운 딸!

심장수술 후
괴로운 세월에도 위로가 되어 준 소중한 아가,
더러는 잔소리쟁이가 되었지만 그래도 예쁜 우리 딸!

잘살고 있는 모습을 볼 때
더욱 기쁨을 느끼는 엄마의 마음
세상을 살아가는 내 삶의 닮은꼴 분신
우리 딸!

첫사랑

눈이 펄펄 내립니다
우리는 그저 눈을 밟으며
덕수궁 돌담길을 걸었습니다
데이트를 처음 시작했으니
무슨 말을 할지 몰라
어깨에 눈만 쌓였습니다

그의 키는 너무 커서
나의 키는 어깨에 닿았습니다
그는 슬며시 나의 어깨에
손을 올려놓았어요
가슴이 콩닥거렸습니다

떨리는 마음으로
찻집 문을 열었습니다
차를 마시며
우리의 눈빛이
마주쳤습니다

밤하늘

유성이 지나간다
하나 둘…

잠잠한 호수에 드리운 낚싯대가
어둠을 비추고 있다

우리들은 숨죽이며
물고기 떼 나들이를 기다린다.

이제는
멀리 떠나간 동창생
기억이 희미해진다

서로 도시를 떠나
밤의 적막 속을
숨들이 쉬며
해방감을 느낀다

그곳 하늘나라에는
우리의 이야기가 있을까?
문득 궁금해진다

스카프를 두른 여자

퇴근 시간이 되었나 보다
그날도 스카프를 두르고 있었다

어느 여름날
그녀의 목에 스카프가 사라졌다

햐얀 목선이 우아하게 빛났고
뽀얀 살결도 더욱 돋보였다

살짝 감춰진 모습에
나는 살며시 미소 지었다

가을이 되어 찬 바람이 불어오자
그녀의 목에 다시 스카프에 매어졌다

일이 끝나고
아늑한 보금자리 향하는 그녀

어디선가 들려오는
휘파람 소리

사월의 아카시아

깊고 깊은 선동 골짝
사월의 아카시아

진한 향기 내 뿜는
갓 튀겨낸 팝콘 같다

고운 꽃송이 꺾어다가
유리 항아리에 한가득 담았네

몇 날 지나 열어보니
아카이사 술 되었네

핑 돌 듯 흘러넘치는 꽃내음
입가에 번지는 미소

그 시절

벼 이삭 털어
겨우내 식량, 소먹이 볏단
초가지붕 이엉 엮어
겨울맞이 새 단장

기름 먹인 종이 방
할머니의 구수한 보물 장터
화롯불 가의 옛이야기
빨간 숯불 속에 익어가는 밤톨

밤이 깊어 가는 것만큼
서로 깊이 익어가는 이야기들
인두로 다림질하던 할머니 모습
어느 사이 마당에는 토끼 호랑이가 다녀가고

할머니 온기가 내 몸에 번지면
졸음을 참지 못해
꿈나라로 갔던 그때 그 시절
아련한 그리움의 꽃 할머니

그날 어스름 저녁

우리 아이 방긋방긋 웃던 시절
그날은 햇살도 맑게 퍼졌어요
아이 고모 방문하던 날
아이는 어느새 새 힘이 올라
엄마의 등과 어깨가
놀이터가 되었지요

"잘 놀아라" 고모의 한마디에
아이는 하늘에 올라갈 듯
기쁨에 넘쳤지요

엄마의 몸은 계단이 되었고
그날은 내 마음도
웃음의 파도가 쳐
행복하였지요

그날 어스름 저녁
밝은 빛이 돌아앉지요

바램

창을 열면
밀려드는
찬바람

마음속 묵은 때
창공에 날리고

나뭇가지 사이로
꽃,
꽃을 본다

그 꽃잎 몇 장이
하르르
내 가슴에 와 꽃으로 피어난다

산행

숨이 턱까지 차올랐다.

드디어 깔딱고개다.

고지가 바로 눈앞에 보였다.

정상에 올라와 바위에 새겨진 도락산을 바라보았다.

얼굴에 함박미소가 지어졌다.

오랜만의 산행이라 힘들었지만, 그만큼 보람이 느껴졌다.

함께 산행을 한 지인이 쌍화차를 내밀었다.

목마름에 따끈한 쌍화차가 정말 좋았다.

산 아래에는 우리가 지나온 저수지가 보였고,

건너편 산은 흐린 날씨에 뿌옇게 웅크리고 앉아 있는 듯했지만

소나무들은 우리의 머리 위를 너르게 펼쳐 받치고 있었고,

한숨 돌린 우리는 몸도 마음도 가벼웠다.

산을 내려오자 정자 옆에 쑥밭이 펼쳐졌다.

우리는 쑥을 다듬어 가며 뜯었다.

쑥도 뜯고 맑은 공기 마시며 정상에 올라 갔다 온 마음에

심신의 노곤함이 편안하게 느껴졌다.

생각하지 못한 일

엄마가 빨래하고 계셨다.

나는 대문에 기대어 엄마를 바라보며 생각했다.

나는 특출나게 잘하는 것도 못 하는 것도 별로 없는, 그냥 말 그대로 보통의 학생이라고 생각했다. 그래서 나의 미래를 생각해 보았다.

나는 적당히 수수한 남자를 만나 결혼해서 아들딸 낳고, 부자는 아니지만 밥은 굶지 않는 보통의 사람들처럼 평범한 삶을 살아갈 거로 생각했었다.

그런데 세월이 지나 결혼 후 아이를 낳고, 내 인생은 예기치 않은 질병이 찾아왔다. 딸을 낳고 두 달 만에 심장판막 수술을 받았다. 그로 인하여 온갖 고생을 해야 했다.

평생 병원을 의지하게 되었다. 항상 몸조심을 해야 하며 혹여 문제라도 발생할까 싶어 불안을 감내하기도 하였다.

작은 질병도 일반병원에서는 치료해 주지 않아 지방에서 서울로 수술한 대학병원까지 진료를 받으러 다녔다.

그래도 나름 무언가를 열심히 하였다.

오랜 세월 노력 끝에 나는 내 인생의 전환점을 맞이하였다.

홀로서기를 하였다. 그러면서 취미인 문예창작과 문인화를 배우고, 사이버대학도 다니며 내 인생의 황금기를 맞이하였다.

인내하며 살아온 것이 드디어 빛을 보게 되었다.

등단하여 시인이 되었고, 미술대전의 초대작가 등등은 나를 위로해 주었다. 노력의 결과를 이제는 하나씩 하나씩 추수하는 마음으로 나의 작품을 만들어 가고 있다.

설악산의 가을 아침 2

설악산을 좋아한다.
설악산 가을 아침 양폭산장에서 내려오는 길은
한 폭의 산수화를 옮겨 놓은 듯하였다.
아침 해가 환히 밝아 오면 설악산 계곡을 따라 흘러가는
장엄한 물소리와 계곡 옆 높은 바위산들은 깎아 세워 놓은 듯하고,
바위틈에는 소나무들이
듬성듬성 그 틈을 비집고 자라나고 있었다.
아침의 상쾌한 산 공기는 맑아서 산의 정기를 듬뿍 품고 있었고,
봉우리들은 저마다 자기 키가 더 크다는 듯 우뚝 솟아
키재기를 하는 듯하였다.
단풍나무들은 빨강, 노랑 물을 들여
온 산은 불타는 듯 번져나가고 있었다.
이렇듯 아름다운 산을 아직 본 적이 없었다.
꿈속에 들어온 듯하였다.
내려오는 길 계곡물에 발을 담그며 눈을 감았다.
'설악산!' '설악산!' 하는 이유를 이제야 깨달았다.
지금도 눈에 선연히 그려지는 그때의 감동….
나에게 지워지지 않는 한 폭의 그림으로 새겨졌다.

열 살의 봄

아침부터 집안이 시끄럽다.
어릴 적 봄이 되면 엄마가 아침 일찍 일어나
김장 항아리를 비우고
마당과 집안 곳곳을 청소하는 소리로 분주하다.
겨우내 미뤄놓았던 옷이며 이불도 빨래하고
묵은 먼지를 털어냈다.
그날은 묵은김치에 동태를 넣어 끓인 동탯국을 먹었다.
나도 덩달아 집 안 청소를 하며 하루를 보냈다.
지금은 그때와 많이 달라져서
철 따라 묵은 때를 벗겨내지 않아도 되었다.
그러고 나면 산에 진달래가 피고,
멀리서 따스한 봄 바람이 살랑살랑 불어오곤 했다.
괜한 마음에 마음이 싱숭생숭하였고,
뭔가 좋은 일이 생길 것 같은 생각에 사로잡히곤 했다.
이제 생각해 보면
그때는 풍부한 감정이 넘쳐나는 어린 시절이었다.
지금은 무디어진 마음에
봄바람이 언제 지나가는 줄도 모르고 살고 있으니,
그때가 마냥 그리워진다.

달오름 뜰

장정복 　이춘명
이정자 　이선형

장정복

평생
학문을 좋아하지만
양가兩家의 과묵한
환경 때문이었을까.

용기가 없었다.

한문학을 시작하였다.
성인이 된
제자들과
새로운 언어와 문자,
한문, 한자 명인
예절교육 강사
한글을 사랑하는
문우들과
훈민정음기념사업
일원이 되었다.

고추잠자리

고추잠자리
날갯짓
고향 마당 바지랑대
잡아 보려
까치발
나 잡아 봐라
훨훨
하얀 모시적삼
대청마루 할머니
꽃구름 속으로
밧줄 타는
어릿광대
사뿐사뿐 춤춘다.

게발선인장

피었구나
마디마디 진홍색
황금 암술 수술 게발선인장
해마다
환한 탁자 위

주인은
눈 감고도 행복했던 때
추억은
오색 단풍 함께
황혼 속으로
자취 없이 떠났네

능소화

담장 위
능소화 피었네
줄기는 십자 모양
층층이 마주 보는 꽃봉오리
진한 오렌지색
말랑말랑 부드러운
곶감 속 같아라

구중궁궐 양반 꽃
대궐 속 궁녀들
눈만 마주쳐도 인생을 걸어보는
아름다운 미소로
만지면 독성으로 대답 하나 봐
하지만 철 따라 쑥쑥 자라
사랑을 주고받는
능소화

흰 구름 두둥실

맑아라 하늘아!
조각구름 두둥실
인수봉 하얀 돌바우
잡힐 듯 가까워라

고샅길 솔방울 주워
손녀 손에 건넨다

헉헉거리는 할머니 등 떠민 산마루
쟁쟁 야호 야호 메아리
오래전 용기 냈던 산행
꽃구름 싣고 떠났네

지혜야!
쳐다보기에 가깝지만 정상은 멀다
힘들어도 만세 만세
함께 정상에 오르는 길

흰 구름 두둥실
솔바람이 솔솔 부는구나.

눈썹달

어릴 적 고향 바닷가
넘실대는 멸치 떼
마을 아낙들
업고 지고 싱글벙글

고향 떠난 도시 생활
책가방 둘러메고
세상 물정 알듯 말듯
서울로 시집왔네

시부모님 모시고 삼시 세 끼
자녀들 뒷바라지 다람쥐 쳇바퀴 돌 듯 종종걸음
부모님! 당부 말씀
배우고 베풀고 친구 잘 사귀거라

황혼 되어 모진 병치레
훌륭한 스승님! 사려 깊은 동문!
나날이 배움 길
들판에 익어가는 곡식처럼 곡간을 채우네

살고 싶은 곳

동해바다 한적한 어촌
생선은 지천이다
은모래 금모래 반짝이는 백사장
해당화, 메꽃 피고 지고
바다로 흐르는 강어귀
북쪽에서 날아와 일본 가는 철새들
대가족 큰 기와집
우물가 아낙들 웃음소리
동갑내기 사촌 오빠 하모니카 불면서
손잡고 고향 가자더니
반세기 훌쩍 넘어
북서울 숲
배롱나무 붉게 핀 흙담에 능소화
굴참나무 도토리, 연리지 소나무 그늘
호숫가 애월정 분수, 청둥오리 떼
먼 인수봉 오색 노을
오늘도 다정한 사람과 걷고 싶은 곳
손잡고 싶은 곳
봄, 여름, 가을, 눈 덮인 겨울 동산

행복한 숙제

집안 대소사는 무사히 마쳤으니
학비 걱정 없이 공부할 수 있겠구나
늦었지만
건강이 지탱할 때까지라도
한자와 한문 공부 시작했다

한 학기는 급수 시험
요약 문제지
쓰기부터 시작해
점점 난해한 문자니 반복 또 연습이다

기억력이 희미하다는 핑계보다
치매가 큰 변수다
사범, 훈장, 사부, 교수 임명까지 끝났다

자기만족만 가진 학문은 자기 자랑이다.
봉사하면 인사받으면서 글짓기까지
날마다 행복한 숙제가 있으니
얼마나 즐거운가
눈 감을 때까지 해보는 거다

내게 준 선물

조금 넓게 사용하려고 담장을 기둥 삼아 거실을 넓혔다.

여름 장마 장대비 주룩주룩, 한밤중 지진이 난 듯 들썩였다.

새벽에 벽돌이 길가에 널브러져 있다. 가슴이 철렁했다. 낮에 그랬으면 인사 사고라도 났을 텐데….

오래된 연립이라 어머님을 모시고 생활하기에는 불편한 점이 많다. 부모님 모시고 효도는커녕 불편만 끼치니 송구스럽다. 그간 어머님은 미국 뉴욕 시누이가 모셨다.

마당이 넓으니 재건축이 가능할까 싶어 열 세대가 모여 회의했지만, 빌라로밖에 재건축이 안 된다는 것이다. 집 앞 주차장과 옆집 단독주택 주거용지는 성북구 강북구 경계선으로 모두 열세 필지를 다 합치면 한 동 아파트는 될 듯하다니 희망적이다.

시누이 초청으로 동부지역 관광지 나이아가라 폭포, 워싱턴, 라스베이거스 도박장 등 싱싱 달리는 그레이하운드 미국 땅은 정말 넓다.

여행을 마치고 돌아오니 아범한테 전화가 왔다.

떠날 때 8층까지는 공사가 순조로웠다. 그런데 건축 자재값의 급등으로 재계약이 필요하다는 것이다.

어머님 건강이 안 좋아 돌아갈 수도 없었다. 어렵게 용기를 내어 시누이에게 오빠가 어머님을 모시면 좋겠다는 의견을 흔쾌히 수락했다. 그리고 내가 떠난 후 일주일만인 구십팔 세에 영면하셨다.

지금 북서울 꿈의 숲. 내년에 전철이 완공된다.

실로 반세기가 흘렀다.

사계절 변하는 자연 속 편안한 삶. 모든 분께 감사드린다.

이춘명

보통의
사람이고

어른으로
소소함을

부끄럽게
꺼냅니다

언니의 온도

볼수록 매력 있는 너
오지 않는 너에게
기다려도 기다린다는 말 하지 않는다

불쑥, 미리 와서
네 자리에 앉아 있을 너
볼수록, 알수록 내 사람이다

보지 않아도 그 마음 알고
말하지 않아도
나에게로 오는 그 마음

기다리지 말라 해도
기다리는 나에게
너는 볼수록 보아지는
그 온도이다

엄마와 아들을 위하여

여기 명주실로 이어진 두 사람이 환합니다.

해와 달이 여기 있습니다. 서로 떨어질 수 없는 사랑이 있습니다.

스러지지 않고 살아낸 어머니, 흔들리지 않고 살아난 아들의 인연은 억지로 만나지는 것이 아닙니다. 십 년 동안 잘 살아왔습니다.

오늘날이 어떤지를 나는 보았습니다. 무엇이 채워지고 다듬어졌는지 대신 말해주기 위해 나섭니다.

이제 두 사람은 헤어질 수 없습니다.

해로 빛나고 달로 빛나는 사람….

봄날이 오고, 단풍이 들고, 함박눈이 오는 동안 세상에 서 있습니다.

제 몫을 다 하는 어머니와 우주의 한 자리를 의젓하게 채우는 아들, 그 어떤 작고 큰일에 꿋꿋하게 맞서는 어머니와 아들이 여기에 있습니다.

참으로 어렵고 어려운 끈을 서로 꼭 잡고 놓지 않고 있습니다. 눈부시게 빛나는 오늘, 유월이 서서히 익어가는 날 함께 걸어갑니다.

사랑을 쥐고 약속을 묻으며 촛불을 켜고 마주 보며 이야기 합니다.

이 두 사람을 아는 소중하고 고마운 분들이 마음 주고 웃음을 줍니다. 기쁨 노래를 먼저 부르면 참으로 고운 화음으로 답가를 부릅니다.

예쁘게 살아오고 선하게 이겨내며 서둘러 행복을 만지지 않습니다. 어제보다 오늘이, 오늘보다는 내일이 더 기쁠 것을 미리 알 수 있습니다.

여기 두 사람이 바라봅니다. 해와 달이 떠 있습니다.

참으로 고운 빛이 나옵니다.

글 쓰는 사람

토요일 11시 30분
감로당길 오프런
사골 쌀국수

안국역에서 공예박물관 후문 골목으로 직진하면 건물과 건물 사이에 입소문이 난 맛집이 있다.

두 팔 벌린 사이에 노란 등이 가는 걸음을 부른다.

이미 대기 줄로 들어간 손님이 많다. 만석이다.

정해진 식탁과 의자들이 맑은 날 길 위에서의 냄새를 당당하게 보여준다.

처마 밑에서 먹을 수 있느냐의 협상으로 번호 앞에 적인 이름 순서에서 앞서 착석했다.

새치기에 대한 누구의 반감은 없다. 빗물이 떨어지는 식탁에 대한 양보가 더 크다.

앞서 기다리는 누구도 비 오는 날 문밖에서 먹는 순서를 원치 않는 마음은 같다.

뒷줄의 3명이 주문하는 일에 무관심하다. 뜨거운 물에 담그지 않는 모둠쌈이 나왔다.

우윳빛 걸쭉한 진국에 고수를 듬뿍 넣은 뜨끈뜨끈한 굵은 면발로 축축함을 덮는다.

주소로 알려준 첫 방문에 첫맛은 정직하다.

그래서 젊은이들 가족 친구들이 많다.

우산을 들고 나가는 손님은 다음 입장객에게 반가운 빈자리다.

불편함도 관용한다.

불평하지 않을 한 끼를 위한 자기들만의 시간을 투자한다.

그런 독자를 만나고 싶다.

현금을 꺼내 망설임 없이 구매하고, 태클을 걸지 않고 선의의 댓글을 바란다.

한 편의 시를 쓰는, 한 줄의 글을 쓰는 맛집의 주인이 되고 싶다.

반가움을 기다린다.

내 표현에 오른편이 되어 주는 세상의 한 사람만이라도 있으면 하는 토요일 오전이다.

용산에서

영화를 볼 때
팝콘 먹는다
참을 수 없지

한 손에 시원하고 짜릿한 콜라,
다른 손에 커다란 원통 속에 든 달콤한 맛….
나이와 성별도 없이 좌석꽂이에 놓고 씹고 마시는 소리는 맛있다.
왜 영화 볼 때 더 맛있을까?
남은 것을 들고 와 집에서 먹으면 맛이 없다.
영화와 팝콘은 무슨 맛으로 있었을까?
집과 옥수수는 무슨 맛이 없을까?
동시 상영, 조조할인이 없는 대형 영화관에서 양쪽 벽은 화면이
된다.
등장인물이 얼굴 가까이 오고, 발밑에서 물소리 나오는 효과음과
덜컹거리는 의자에서 과거로 거슬러 올라간다.
몰래 입장해서 들키고. 나이 속여 들키던 불편함이 없는 기계로 보
여지는 23년 겨울이다.
아직도 가로수는 낙엽이 되지 않은 날, 겉옷 속에 보온 솜옷을 입
고 나는 용산에 있다.
지금 먹는 팝콘 맛이 참을 수 없는 추억이 될지….

화분

새순이 돋고
넝쿨이 늘어진다
닫힌 문 안에

난방이 안 된 대기실에 화분들이 있다.
의자에 앉아 약속 시간 한 시간 전에 한기를 참고 움츠린다.
실내의 온기와 출입문을 열 때마다 찬기가 섞인다.
화분에서 살아있는 움직임을 본다.
살 만하구나.
겨울나무인지 추위에 강한 나무인지 모른다.
잎새는 흔들리고 물기 없는 받침으로 긴 줄기들,
높은 의자 위에 있는 화분을 거쳐 바닥으로 뻗어 내려가는
넝쿨 식물이 천천히 자라고 있다.
사람은 참 조급하다.
왜 언제라는 말을 많이 했다.
멈춘 듯 살아있는 푸른 가지가
아직도 그 자리 그 걸음인 듯 아닌 듯 나에게 답을 준다.
그래 가는 듯 마는 듯 쳐지는 듯 나아가는 듯 살자.

남자아이

배나무 씨앗
황무지에 심었다
한부모 가족

태어나 이름조차 받지 못한 한 아이가 있다.
탯줄로 생명주고 지극 정성으로 키웠다.
미혼모가 아이와 단둘이 꿋꿋하게 살고 있다.
세상 안에서 보물 상자를 꾸리고 있다.
　혼전 임신, 억지 결혼, 위장 신혼 생활, 출산 임박 개월에 맨몸으로 등 떠밀려졌다. 좋은 나라 우리나라, 좋은 종교, 좋은 성직자, 좋은 관심, 좋은 보호로 간신히 피신했다.
　후원, 지원으로 비틀비틀 아슬아슬 흔들흔들 휘청휘청 의식주를 최소한으로 연명했다.
　뒤돌아보니 한 산을 넘고, 한 고개 넘고, 한 강을 넘는 사이 어느새 키가 엄마쯤 올라와 있다. 기혼이면서 노처녀로 생존을 위한 일을 밥벌이 일을 하는 여자는 엄마이다.
　가정이면서 가족이 없고, 가족이면서 가정이 아닌 수급자로 사회 울타리 안에 끼어 있다.
　첫 단추가 어긋나고, 첫 출발이 삐끗하고, 첫 시작이 열외에서 관리 대상이 되었다.
　맨땅에 머리 박고, 돌밭에서 싹이 나고 먼지바람에 엄마와 아들은 굳건히 서 있다.

단시 묵상

참 어리석다.
왜 쉬운 길로 가지 않느냐고 비웃음과 발길질을 여러 번 받았다.
그들이 보기에는 쓸데없는 고집이었다.
그들에게는 허비하는 시간으로 보일지라도 나에게는 자본이었다.
최저 임금의 한 직장을 정년까지 끝내고,
실업 수당과 퇴직금으로 노후를 시작하는 기초 공사를 하였다.
한 푼 두 푼 모아 어느 세월에 남들을 따라가느냐,
남들처럼 사느냐 핀잔주는 재촉에도 무디게 버티었다.
유행하는 투기와 투자에 빚잔치를 두려워했고,
육신을 놀리고 남의 손에 있는 것을 욕심내지 않았다.
내가 가진 만큼, 내가 쓸 수 있는 만큼, 내가 아는 만큼,
내가 지킬 수 있는 만큼 반 보씩 결보를 하며 쉬지 않고 왔다.
아니하고 아니하고 아니하여 않았으니,
그러므로 그리하며 그런데도 샘물가 건실한 나무로 살아있는
가지마다 물기가 촉촉하게 생생하게 살아있다.

기다림

그날과 그때
알지 못하느니라
깨어 있으라

남보다 잦은 고난, 남보다 극심한 고통, 그래도 살게끔 했다.
지금 나는 건강하다.
몸을 시달리다 굳은살이 박였지만,
고집은 대장간 망치질보다 더 자주 뜨겁게 맞아 단단하다.
언제까지 이렇게 살아야 하나?
언제쯤 이런 조건에서 벗어날까?
어리석은 짐작은 엇박자였다.
절망으로 두 손 내려놓을 때쯤 손끝으로 느끼는 따스한 당김이 있었다.
버린 듯 잡아주는 힘이 있었다.
그때는 미리 오지도 않았다, 늦게 오지도 않았다.
꼭 절실할 때 잠깐 슬쩍 온다.
다행히 놓치지 않아 붙잡았다.
사람이 된 날과 살아 움직이는 날,
그 외에 모든 날을 날 위해 내주었다.
하루 남아 있을 그날에 내 이름을 정답게 부르면 갈 준비를 한다.
가기 위해 유혹에 졸지 않고,
게으름으로 잠자지 않고 정수리를 활짝 벌리고 있다.
그 빛이 닿는 날을 겸허히 기다린다..

가을

바람이 분다
국화잎 흔들린다
인생 그늘막

시월이 익어간다. 비 오면 떨어지는 온도가 바람을 부른다.

바람은 옷을 껴입게 한다. 단추를 다 채운다.

단단히 멈추고 다시 추스르는 삶이 칠십 나이를 향해 열심히 간다.

칠십이 되면 이 정도의 바람에도 멋진 하늘거리는 고운 색의 스카프를 날릴 수 있을까.

칠부바지에 한 겹 옷, 발목 양말에 뚫린 신발로도 용감할지 궁금한 체 시간은 익어간다. 어느 정도 겁도 없고 예측도 한다.

꿈과 행복을 조제하는 초등학교 문 안에 서 있다. 보안관실 앞 화단 모서리에 서서 하교할 얼굴을 기다린다. 4교시 12시 50분이 되었다. 종이 울리면, 계단에 줄 서서 내려오면 오늘의 오후가 된다.

자유가 없는 일정에 잠시 맛보는 바깥의 공기에 웃다가 또 학원으로 들어가는 환한 가을 틈새의 소리들이다.

해방을 잡지 못한 어린이, 아직 혼자 귀가가 걱정스러운 아이를 기다리는 누추함이 시간을 잰다. 비슷한 차림새의 사람들, 겉으로 보이는 옷과 화장과 액세서리보다 민낯들은 서성거린다.

바람이 더 세차게 분다. 몇 번 더 바람 불고 비 오면 또 먹을 나이는 누구나 평등하게 온다. 왠지 1년이 흔들거리고, 내 그림자가 흔들거리고, 왠지 피할 곳을 두리번거린다.

기피자

가진 건 돈뿐
입 열면 자식 자랑
낄 곳이 없다

해외여행 긴 이야기에 난 손주 데리러 뛴다.
넉넉한 웃음으로 주머니 풀 때는 목구멍에는 쓴 고들빼기 맛.
몇 명 의지할 만한 선배들과 술 한 잔을 할 때도
안주는 내가 누구다이다.
나는 한때 여기서 그랬고, 저기서 그랬다.
내 속 풀려 어울리려다 내 속 뒤집혀 온다.
한 걸음, 반걸음, 뒷걸음 나이가 들수록
과거 되풀이는 먹지에 쓰는 굵고 진한 글씨가 된다.
대중 속에서 평범한 대중이 아닌
현대 속에서 미로를 꺼내는 입술에 외톨이가 서 있다.
온몸의 기운은 혓바닥으로 몰린 말싸움 사이에
나는 예비역으로 귀만 열고 끼어 있다.
살만큼 알고, 틀린 만큼 흘린 눈물이라도
더 파고들어 한 마디 못하는 닫힌 얼굴이 된다.

이정자

의사 남편이 남기고 간
대지에 건물을 지으려니
상식도 인맥도 없었다.
건대대학원 부동산학과에 입학
1979년에 졸업하고,
많은 분의 도움을 받아
지하 1층, 지상 3층의
상가건물을 짓고 살았다.
친지의 다세대에서 22년을
편히 살면서 성북구에 있는
한문반, 문창반에서
부족하나마 회장직을 맡고
형님, 아우하면서
행복한 동행을 하였다.
나이 80이 넘으니, 내 집으로
이사해 인생 마무리하고자
꿈을 가지고
인생 2막에 들어가게 되었다.
이제 『이런 봄날 있었다』
제2권 탄생을 앞두고
마음이 설렌다.

꿈길에서

이 생生에서는 볼 수 없는 당신
반가운 꿈길 미소 지으며 다가갔으나
그대 정다움은 사라지고
차가운 이 만남은 어인 일인가요
그대 눈 차갑게 마주친 밤
반가워 다가갔으나
정다웠던 그 눈매는
옛 같지 않구려

꿈길에서 마주한 그대 모습
일상에서 매일 보던 하얀 가운
바쁜 움직임뿐이었네요
오랜 세월 지친 내 모습
그대는 알지 못하고
꿈길 속 멀어진 임의 모습
그리움만 더하더이다.

떠난 임 그리워

자식들 소식도 없고
내 맘 같지 않아
당신이 그립고 그립습니다

오늘은 당신을 만나 하소연하려고
전철을 탑니다

먼저 떠난 당신 생각하면
넘 가엾어 눈가에 이슬이 맺힙니다

혼자 남은 나도 가엾습니다
오늘도 그대를 만나러 갑니다

그대 그리워 홀로 찾아갑니다
눈가에 자욱한 안개
당신이 더욱 보고파서….

착한 당신

뒤돌아보고 또 생각해 보아도
너무도 착한 당신
말이 없고 유머도 없는 사람

재미가 없어도
누구에게나
따뜻한 사람

표현도 하지 못하고
세상을 떠난 지
반세기가 지났네

당신의 음성
세월이 흐른 지금
기억을 찾아 헤매도 들을 수 없네

엄마

엄마가 보고 싶다
외동딸 곱게 키워 시집 보내고
의사 사위 사랑 받으시다
십 년 만에 하늘 소풍 떠난 뒤 돌아오지 않았다

대가족 삶이 걱정되어 평생 마음고생하시며 살던 엄마
손수 지으신 수의 택배가 왔을 때
엄마는 우리 가족이 되고
힘든 세월 보내시며
알츠하이머
92세에 요양원에 들어가시어
96세에 하늘길 떠나셨다

일곱 식구와 살면서 슬플 겨를도 없이 삶은 고된 것
부모에 효도할 여유도 없고
자식들은 내 꿈대로 되질 않고
내 나이도 팔십이 넘었다

건강하던 몸 병드니 외롭고
많은 생각이 스쳐 가며 엄마를 찾아가고 싶다

백의의 천사

그 옛날
우연히 찾아온 율리안나
가슴으로 뜨거운 인연 되어
수십 년이 흐른 세월
매년 섣달 초사흘 찾아온 백의의 천사

너의 속 깊은 그 마음
어디서 온 걸까
칼바람 부는 날
따뜻한 성모님 모시고
내 늙음의 공허를 기도로 치유하는
백의의 천사, 나의 율리안나

먼 길 찾아준 사람
오늘 너를 기다리며
토장국 끓여놓고
가슴 설렘은

때로는 힘들 때 위로가 되었고
언제나 멀지도 가깝지도 않은
그 자리에
머무는 그 사람

2023년 4월의 봄

인연이 아닌 인연을
60년이 지난 그리움과 이별을 한다

안면도 꽃지 바닷가 부표가 있는 곳
그리움을 지우려
추억이 묻은 사진과
꽃잎을 띄우며 이별을 한다

바닷가 돗자리 펴고
사촌 동생과 좋아하는 아우와 차를 마시며
그 옛날 써 두었던
시 한 편을 낭송하며
마음속 그 사람을 떠나보낸다

빚진 마음 흘려보내고
인연 아닌 인연을 정리하며
홀가분한 마음으로
서울로 향하는 버스에 오른다
고요가 꽃피는 이 봄날에~~~

늦가을

아파트 주변 단풍이 곱다
바람에 날린다
고운 예쁜 단풍잎을 주우며
미소를 짓는다

엄마 손 잡고 걸어오는 아이
사랑스러워
단풍잎 건네며 미소를 띠니
아이도 웃고 엄마도 웃는다

아직은
내 안에 행복이란 놈
조금은 남아 있나 보다

외로운 엄마

외로워서 자식을 넷이나 낳았다
어린 자식들
아빠 얼굴 익히기도 전에
아빠는 떠나셨다

아빠와 함께
목욕탕에도 가보질 못하고
바쁘게 떠나가신 아빠
기억 속에도 없는 아버지
외로운 가족은 역시 또 외롭다

엄마도 외롭다
많이 외롭다

금남의 집

산수동 고갯마루 저 너머 학교 길
그리운 임 오시는가

보일 듯 말 듯
가슴은 두근두근

산 넘어 밀밭은
바람에 물결치고

어둠에 깔린 기숙사
금남의 집이어라

소녀의 가슴
쿵당 쿵당 마음 조이네

달빛 밝은 동산 위에
사랑의 무지개

삽살개 바스락 소리
컹컹 짖어 대고

놀란 가슴 그 소녀는

어쩔 줄 몰라 하네

스산한 가을바람
옷깃을 스친다

내 마음 텅 빈 벌판 같으니
상한 날개 비에 젖어
공허에 방황하는구나

초겨울 낙엽은 더욱 스산하고
차창 밖 불빛은 아른거려

차가운 눈망울 굴릴 때
슬픔에 이슬 맺혀 흐르네

통일의 바람

뜨거운 가슴으로
뭉클한 바람이 분다

이렇게 빠른 시간 속에
우리 가슴으로 느낄 줄 몰랐다

TV 앞에서 감격의 하루
온종일 눈시울이 뜨거웠다

통일을 염원하는 두 정상
73년 만에 손에 손을 맞잡고

38도 분계선을 넘는다
역사적인 선을 넘는다

통일의 바람을 일으킨
남과 북의 정상들이여!

양구 두타연에 가다

가을 여행을 떠나기 하루 전날, 하늘에서 양동이로 퍼붓듯 비가 내렸다.

먼 곳에 사는 이천과 김포 쪽 동창 몇 명은 마포집에 모여 저녁을 먹고, 내일은 전국적으로 날씨가 맑다는 일기예보를 듣고 편안한 잠자리에 들었다.

다음날, 쾌청한 날씨에 관광버스에 올라 양구 두타연에 도착하니, 멋쟁이 해설사(할머니)가 버스에 올라 간단한 설명이 끝나자, 버스는 손자 같은 군인들의 앞뒤 호위받으며 출발했다.

양구 유령탑 앞에서 잠시 묵념을 한 뒤, 시비에 고 박정의 대통령께서 지으신 시 낭송을 할 때 우리 일행은 전쟁의 아픔을 느끼며 모두 숙연해졌다.

전쟁은 절대로 일어나서는 안 되는 것이었다. 이기고 지는 게 문제가 아니라 젊은 생명들을 앗아가고, 전 국토가 폐허가 되는 것이기에 다시는 동족상잔의 비극이 일어나서는 안 되는 것이었다.

다시 해설사의 설명을 들으며 한반도로 흐르는 금강 물줄기를 보며 걸었다.

밟으면 금방이라고 '꽝!' 하고 터질 것 같은 빨간 지뢰 팻말이 1m 간격으로 걸려 있어 두려움을 느끼면서 걸었다.

그리고 또 다른 도자기의 원조 해설도 들었다.

가을바람에 흔들리는 저 무심한 들꽃들은 분단된 내 조국의 아픔을 아는지 모르는지 너무나도 평화스럽게 피어 있었다.

오래도록 기억될 뜻깊은 여행이 되었다.

빈자리

1973년 3월 2일.
둘째 아들 초등학교 입학식 날 새벽 지아비를 떠나보내고
그로부터 50년이 지난 2023년, 막내아들도 51살이 되었다.
시모님과 친정어머님, 모두 일곱 식구를 건사하며
젊은 나이 34살 되던 해부터 가장 노릇을 했다.
최선을 다한 삶이라고 자위해 보지만,
지나고 보니 아빠의 역할 부재를 느낀다.
그 빈자리가 얼마나 소중한지 많은 후회를 한다.

무남독녀로 자라 가족이 많은 것이 부러워
자식을 넷이나 낳았으나 아빠가 없는 빈 자리의 가정교육은
역시 어렵고 힘들었다.
잘한다고 노력했으나 뒤돌아보니 후회만 남는 때늦은 나이…
잘함도, 못함도 다 잊고 지나온 세월,
감사한 마음으로 남고자 얼룩진 지난한 삶의 일기장을 태운다.

창밖에는 노란 단풍이 흩날린다.
그 단풍을 바라보며 마시는 커피 향을 즐기면서 생각한다.
남은 세월 가족의 건강함에 감사하며…,
세상을 이해하면서 후회 없는 삶을 살고자 마음을 비운다
자식이기에 더 많이 사랑하고 다짐하며 이 한 해를 보내려 한다.

이선형

태풍처럼 몰아치던 고난
바위처럼 무거움을 견딘
가녀린 어깨
욕망과 고통을
생각할 틈도 없이
눈물조차 흘릴 사이 없이
절박한 삶이
젊음을 휩쓸어 갔습니다.

늦게 온
여유롭고 평온한 황혼
고난을 감내한
사람에게 내린
하늘의 복이었습니다.

지성과 감성을
고양시켜 주는 도서관
강건한 심신을 키워주는
체육관에서
매일매일 곱게
늙어 가고 있습니다.

가을

중후한 멋을 풍기며
뚜벅뚜벅
생의 마지막 쿼터를 걷고 있는
그대의 뒷모습

지적 갈망과 인격 성장에
불났던
꿈, 야망, 사랑

낙엽처럼 쌓인
절절했던 사연

한 줄기 바람처럼
어디로 흘러갔나

그대의 발자국 뒤로
가을이 가네

1951년 겨울

칼 같은 바람은
몸 가누지조차 힘들었고
쌓인 눈은 정강이까지 덮었다
피란 못 간
어린이와 노인
열 살 소녀는 동생 손을 잡고
증조부님의 조석朝夕을 운반했다.
중공군이 안채를 빼앗아 차지하고
증조부님만
사랑채에 홀로 집을 지켰다
점령군이 떠난 후
모든 것을 약탈당해
굶주림과
시베리아 같은 추위는 가혹했다.
아군이 왔을 때
기쁨과 두려움이 함께 왔다
어머니와 마을 여인들은
장롱 뒤에 숨어 살아야 했기에
 아! 대한민국
다시는 다시는
전쟁이 없어야 한다.

가시버시의 날

온동네 잔칫날
채 친 마당에 임시 아궁이 만들어
가마솥 뚜껑 위에 지글지글 누레미[1] 냄새 가득
떡 해오는 사람
두부 해오는 사람
도토리묵 해오는 사람
식혜 해오는 사람
나무를 해오는 사람
모두 모두 왁자지껄 시끌벅적
도투막질[2] 하던 사람도
마깔스럽던[3] 사람도
오늘은 다 한 가족이다
마을 사람 모두 함께 먹으며 께낀하게[4] 눈치 안 본다
가시는 생전 처음 푸짐한 잔칫상을 받았으나
목이 메어 먹지 못한다
정든 가족 고향을 떠날 생각에
가시버시[5]야 잘 살아다오
간절한 마음에 두 손을 모은다.

---

1. 누레미; 부침이.
2. 도투막질; 의견이나 이해가 달라 서로 싸우는 것.
3. 마깔시럽다; 말이나 행동이 약빠르고 밉다.
4. 께낀하다; 치사하다.
5. 가시버시; 각시 신랑.

숙명 그리고 운명

종갓집 장녀는 살림 밑천
딸 노릇, 누이 노릇
담 마를 새 없는 숙명이다.

중병에 걸린 남편
여덟 식구의 절박한 생계
운명은 가혹했고 무서웠다.

죽고 싶었다
원망했고 미워도 했다
슬픔에 젖은 아이들 눈 차마 볼 수 없었다
자존심도 체면도 다 버렸다
눈물도 한숨도 다 묻었다

독하게 싸웠다 처절하게 맞섰다
젖은 눈을 씻고 희망을 보게 하리라
사랑하는 아들딸들에게
장학생으로, 자력으로 잘 자라주었다
기쁨을 준 아이들 잘했다
고마웠다
운명과 싸운 게 아니다
목숨 걸고 사랑했다

황혼의 수업

배움에 열심인 용기가 아름답다

삶의 기력이 꺼져가는 노인들
이해가 느려 쩔쩔맨다
신문명을 배운다는 것은 고통이다

흰 바지에 화려한 남방
반으로 굽은 댄서의 허리
고급 모자를 쓴 준수한 노인
청각이 노쇠하여 짝꿍을 괴롭힌다
멋쟁이 할머니
화려한 입담으로 좌중을 웃기고
배낭이 무거운 할머니
사탕을 나눈다

그 임들의 삶
욕망과 열정은 얼마나 치열했으며
사랑은 얼마나 절절했고
고뇌는 얼마나 깊었을까?

황혼의 배움은
절박하고 아름다운 용기이다

어머니

단정하게 쪽진 머리
눈부시게 흰 앞 치마
새하얀 버선발
대청마루에서 부엌으로
분주한 발걸음
조상 모시는 일이 우선인
종가의 큰 살림
층층 시하에
자식을 안아주기는커녕
다정한 눈길도 주지 못하시는
어머니

입학시험 보던 날
아무도 몰래
엿 한 덩이
입에 넣어 주시며
꼭 —
붙어야 한다 하시던
어머니

할머니의 초콜릿

같은 시기에 입주하여 한 라인에 살게 된 어린 학생이 여럿 있었다.

엘리베이터에서 만나면 '초콜릿'을 하나씩 주면서 "효자가 되거라" 하며 "잘 때는 꼭 양치해야 한다"고 했다.

그러다가 그 어린이들의 엄마, 아빠와도 인사하는 사이가 되었다.

코로나 팬데믹을 겪으며 몇 년 못 본 사이에 초등학생은 중학생이 되고, 중학생은 고등학생이 되었다.

체격은 훌쩍 크고 얼굴은 소년티를 벗어나서 얼른 알아볼 수 없이 변해 있었다.

수줍게 인사하는 그들에게 "못 본 사이에 잘 컸구나!" 하면서 초콜 릿을 주고, "책을 많이 읽어라, 너희들이 이 나라의 기둥이다"하고 헤어진다.

학년이 올라갈수록 학습 범위가 넓어져서 책 읽을 시간이 없을 테 지만, 나의 당부가 무엇을 뜻하는지는 알고 있을 것이다.

물론 잊어버릴 수도 있겠지만, 달콤한 간식을 먹을 때라도 생각하 지 않을까?

나는 내 손자나 다른 곳에서 만나는 어린이들에게도 책 읽으라는 말을 많이 한다. 독서를 많이 하면 지식이 풍부해지고, 지식이 풍부 해지면 지혜가 샘물처럼 솟아 나온다.

이렇듯 성장하면서 책에서 얻는 지혜로 살아가며 세상을 읽는 안 목과 통찰력이 생긴다.

청소년 시절에 훌륭한 자서전 같은 책을 읽으면 그것이 감동을 줄 뿐만 아니라 본받아야 할 삶의 길을 제시해주기 때문에 적극 권장하는 것이다.

옛날 우리 선조님들은 책이 비싸고 구하기 어려워 책을 빌려서 보고, 복사 기술이 없다 보니 필사 버전을 보았고, 그러다 보니 필사하며 삶을 살아간 사람도 많았다고 한다.

조선시대 "이덕무"라는 사람은 열 손가락이 모두 동상에 걸려서 손가락 끝이 부어올라 피가 터질 지경인데도 하루에 수천 자씩 책을 썼다고 하며, 지금도 규장각 서고에는 그의 친필이 보관되어 있다.

지금은 어떤가?

학교는 물론 구마다 도서관이 없는 곳이 없다. 책을 읽고자 하면 얼마든지 원하는 책을 무료로 빌려 볼 수 있는 세상이다.

이렇게 좋은 세상이니 젊은이들이 책을 많이 읽어 자신이 원하는 삶을 스스로 높은 수준으로 발전시키며 살아가기를 바라는 마음이다.

"효자가 되거라"

"책을 많이 읽어라"

이 말을 잊지 않고 실천한다면, 미래에 닥쳐올 엄중한 삶 앞에서 신중한 선택을 하며 바르게 살아갈 것이라 확신한다.

노년과 알츠하이머

  나이를 먹으면서 가장 위험한 병은 알츠하이머이다.

  유명한 신경과의사인 리사 제노바 박사는 "만일 당신이 85세 이상 살고 있다면 알츠하이머 환자이거나, 그 환자를 돌보는 사람이 될 것이다"라고 했다. 그 뜻은 고령이 되면 누구나 다 '알츠하이머' 병에 걸릴 수 있다는 것이다.

  현재 세계적으로 치매 환자가 많아지고 있으며, 우리나라에도 하루에 100명 이상 증가하고 있다. 통계청 발표에 의하면, 2050년에는 매일 300명 이상의 신규 환자가 발생할 것이라고 한다.

  치매의 원인은 70가지 이상이 되며, 그 종류도 여러 가지이다. 그중 '알츠하이머'가 75% 이상으로 가장 큰 비중을 차지한다.

  '알츠하이머'란 독일의 정신과의사의 이름이다.

  그는 51세의 어느 여성 환자가 기억력이 없다든가, 판단력이 전과 같지 않다는 징후를 포착하여 심도 있게 관찰하고 치료하던 중 4년 만에 그 환자가 사망했다.

  기증받은 뇌를 해부하여 검사한 결과 그 환자의 뇌는 일반인과 다르게 쪼글쪼글해져 작아진 것을 발견했다.

  그는 이 특별한 환자를 치료하며 연구한 기록을 학회에 보고했고, 학회에서는 단순한 노화현상으로 발생한 것이 아니라고 판단해 질병으로 인정하고, 그 의사의 이름으로 명명하게 되었다고 한다.

  이 병은 독성으로 변한 '베타 아밀로이드'라는 단백질이 뇌세포에 오랫동안 조금씩 조금씩 쌓여서 뇌 기능을 마비시켜 인지장애를 발생시키는 것이다.

그리하여 판단력, 언어능력, 기억력 등의 문제로 일상생활을 할 수 없는 단계에 도달하게 되는 것이다.

그러면 이 무서운 병을 예방할 수는 없을까?

모든 병이 다 그러하듯이, 우리는 이것을 잘 알고 있다.

균형 있는 건강한 식사와 과음 과식을 하지 말고, 금연과 금주하고, 적당한 운동과 즐겁게 사회생활을 하면서 매사에 긍정적이고 감사하는 마음을 가져야 한다. 그러면 치매뿐 아니라 만병을 예방할 수 있을 것이며, 따라서 행복한 노년의 삶이 될 것이다.

발병 후에는 어떻게 대처해야 할까?

불과 10년 전만 해도 치매 환자라면 큰 죄인인 양 쉬쉬하고 숨기고 감옥살이 같은 생활을 해야 했다.

이제는 그럴 수도 없고, 그래서도 안 되게 너무나 많은 환자가 발생하고 가족이나 국가에서도 감당할 수 없는 상황에 이르게 된다.

우선 전문의사의 정확한 진단을 받고, 완치는 안 되지만 완화하는 좋은 약이 있으니 적절한 치료를 받는 게 중요하다. 그리고 친숙한 환경에서 평소와 같은 생활을 해야 한다.

이 병은 불행하지도 부끄럽지도 않은 병이라는 사실을 인지해야 한다. 고령이면 누구나 다 발병할 수 있다는 사실을 인정하고, 자신의 존엄을 지키며 평상시처럼 삶을 이어 나가야 한다.

엔디 위셀이라는 미국의 여성 환자는 40세 때 알츠하이머 판정을 받고, 그때부터 병상일지를 쓴 책을 두 권이나 출판했다. 그는 지금도 계속 쓰고 있으면서 평소와 같이 생활하고 있다고 한다.

환자 자신은 두려움을 품지 말고 의연하게 대처해야 하고, 보호자도 오랫동안 수발에 지치지 않도록 여러 가지 방안으로 의사와 정부와 협업하여 슬기롭게 불행하지 않은 생활이 계속되어야 한다.

쑥 이야기

지금으로부터 2천 년 전에 곰과 호랑이가 사람이 되기 위해 100일 동안 햇빛을 안 보고 마늘과 쑥만 먹고 살았다.

호랑이는 견디지 못해 뛰쳐나갔지만, 곰은 21일 만에 사람이 되어 환웅과 혼인하여 단군을 낳았다는 설화가 있다.

이렇게 쑥은 우리 민족에게 옛날부터 귀하고 친숙한 생명의 먹거리이다.

이른 봄에 채취한 쑥으로는 여러 가지 음식으로 굶주림을 채웠고, 다 자라서 말린 쑥으로는 여러 가지 병을 치료하는 약재로 널리 요긴하게 사용되었다.

동의보감에도 쑥의 다양한 약효가 많이 기록되어 있다.

면역력, 해독작용, 지혈, 여성질환 개선, 암 예방, 노화 예방 등등 만병통치약이라 할 만큼 여러 병의 치료에 사용해 왔음을 알 수 있다.

중국의 여성 과학자 투유우 교수가 개똥쑥에서 추출한 추출물인 '아르데미신'이라는 물질로 "말라리아"에 걸린 많은 사람을 치료한 일로 노벨생리의학상을 받은 것을 보아도 쑥의 약효를 세계적으로 인정받았다는 것을 알 수 있다.

요즈음 우리나라 사람들이 커피를 너무 많이 마시고 있다.

커피 소비량이 연간 1인당 353잔이나 되고, 수입가도 2조 원이 넘는다고 한다. 어른들은 물론 청소년까지도 커피 향과 맛에 중독되어 가고 있다.

커피콩을 볶을 때 나오는 발암물질이 오랫동안 몸에 쌓이면, 십 년 후나 이십 년 후에는 어떤 병으로 나타날까?

생각만 해도 무서운 일이다.

유명하다는 커피 가게 앞에 긴 줄을 서 있는 젊은이들을 볼 때마다 걱정이 앞선다.

그래서 나는 쑥 차를 마실 것을 제안하고자 한다.

쑥은 건강에 좋고, 우리나라 땅 어디에서나 잘 자라니 구하기 쉽고, 보관과 사용하기 쉽고 약효가 좋으니 더 바랄 나위 없는 것이 아닌가.

어느 환자가 알 수 없는 병으로 고생하다가 쑥으로 고쳤다는 사례도 있고, 어느 난임 부부가 쑥을 사용하여 아기를 갖게 됐다는 사례도 있다.

이처럼 쑥의 뛰어난 약효를 볼 때, 더 쉽게 사용할 수 있도록 커피나 녹차처럼 개량한다면 쑥은 오늘날 커피 소비 또는 녹차 소비와 맞먹는 경제효과를 창출하면서도 사람의 건강에 도움이 되는 식품이 될 수 있을 것이다.

졸업

사각모에 졸업 가운을 걸치고 꽃다발을 든 외손녀의 초등학교 졸업사진이 카톡에 올라왔다.

잘나가던 직장을 접고 오직 자식 잘 키우기에 온 힘을 다하는 내 딸도 명예사서상을 받아 가족들과 함께 환하게 웃는 모습의 사진이 아주 행복해 보였다.

내가 초등학생 시절에는 6·25전쟁 직후라 강산은 황폐했고, 모든 사람은 가난하여 점심을 굶는 학생이 많았다.

우리 집에서 학교 가는 길은 십 리가 넘는 먼 길이어서, 큰 개울을 건너고 산을 넘어 공동묘지를 지나 논두렁 밭두렁을 지나야 했다.

저학년 때는 막내 고모와 함께 다녀 어려움을 몰랐는데, 고모가 졸업하고 내가 6학년일 때는 3명이 다니게 되었다.

동갑인 당숙 아저씨와 먼 친척 오빠뻘 되는 사람이었는데, 그 당숙 아저씨가 특히 나를 고약하게 괴롭혔다.

6학년이라 진학 공부에 하교가 늦어지면 선생님이 집이 멀다고 일찍 보내 주었다. 학교에서 출발할 때는 환한 대낮이었지만 공동묘지를 지나 산을 넘어야 하는 곳에 다다르면 어둑어둑해진다.

바로 그때 두 남자는 속닥속닥 모의하고 전속력으로 달려서 산을 넘어간다.

무서움에 질린 나는 "같이 가" 목청껏 외치며 뒤를 쫓아 뛰어가지만, 그들의 모습은 보이지 않고 시커먼 산이 눈앞을 가로막는다.

어느 날 저녁 혼자 집에 가려고 산 밑에까지 도달했을 때 숲속에서 여우 두 마리가 왔다갔다 하는 것이 보였다.

나는 걸음을 멈추고 그 자리에 얼어붙고 말았다.

얼마 후 읍내에서 돌아오던 마을 어르신이 나를 발견하고,

"왜 안 가고 서 있니?"

나는 그 물음에 대답도 못하고 덜덜 떨면서 손으로 산을 가리켰다.

"내 뒤를 따라오너라!"

긴 막대기로 여우를 때리듯이 휘휘 저으며 산을 넘어갔다.

산을 넘어가니 어머님이 호롱불을 들고 걱정하며 기다리고 계셨다. 나는 어머님의 품에 안겨 울음을 터뜨렸다.

우리 집은 종갓집이라 거의 매달 제사와 크고 작은 행사가 많아서 그 시대에 귀한 사탕이나 과일이 떨어지지 않았다.

나는 그것을 아꼈다가 그들에게 뇌물로 주었다. 그러면 며칠은 잘 다니다가 또 나를 위험에 팽개치고 저희 둘만 뛰어서 산을 넘어간다.

그렇게 공포와 눈물로 얼룩진 초등학교 시절은 상급학교를 가면서야 졸업했다.

시내에서 편하게 고등학교에 다니다가도 고향 집에 가면 그 당숙 아저씨 생각에 무서움에 떨기도 하였다.

얼마 후 그 당숙 아저씨네 가족이 다 하와이로 이민 갔다는 소식이 들려왔다.

나는 비로소 희미한 공포에서 졸업한 듯한 해방감을 느낄 수 있었다.

희망의 씨앗

유서 깊은 수원에 "수원공업고등학교"가 있습니다.

1970년 여주이씨 종친宗親에서 종중宗中 재산을 투자하여 "광인학원"을 설립하고, 1971년 3월 3일에 "수원공업고등학교"를 개교하였습니다.

토목과와 건축과 2개 과로 시작한 지 50년이 지난 지금은 시대 발전에 맞춰 전기, 자동차, 기계, 전자통신, 디지털게임과가 추가로 개설되어 "특성화고등학교"로 진보된 교육을 하고 있습니다.

이론보다는 실습을 위주로 수업하고 개개인의 특성과 취미도 살리며 기술교육과 인성교육도 병행하고 있습니다.

이 학교를 졸업한 학생들은 6가지 이상의 자격증을 취득하여 졸업 후에 즉시 사회에 진출하는 데 부족함이 없다고 합니다.

그리하여 공고의 기술교육이 개인 삶의 기본인 경제활동을 통한 생업을 원만하게 하고, 국가 산업발전에도 크게 기여하고 있습니다.

특히 개인의 특기를 살려 세계적으로 명성을 떨치고 있는 축구선수 박지성과 김민재가 이 학교 졸업생입니다.

공고를 나온 사람이 축구선수로 유명해지다니 얼마나 아름다운 일입니까?!

그만큼 개인의 특성과 기술을 잘 키운 교육의 힘이라고 해도 틀림이 없을 것입니다.

종가의 장남으로 살아오신 아버지는 가족의 일보다는 종중 일과 조상 모시는 일이 우선이었습니다.

아들딸이 공부를 잘하는지, 어느 대학에 진학할 것인지, 학비는 어떻게 할 것인지 하는 중대한 문제조차 뒷전으로 미루면서도, 종중 일에는 열성으로 온 힘을 쏟으셨습니다.

나는 그런 아버지를 이해할 수 없었습니다.

우리 칠 남매 누구도 자신의 꿈과 진로에 관하여 아버지와 의논하지 못하고 성장했습니다.

아버지는 내 가족의 걱정보다 일가친척의 가난을 더 걱정하고, 가난한 사람들이 교육의 기회를 잃어버리는 것을 아파했습니다.

우선은 먹고 사는 문제가 가장 절실했던 시대였기에 기술 하나만 있으면 대학을 못 나와도 밥벌이를 할 수 있다고 하셨던 아버지의 의중을 잘 알고 있었습니다.

그런데 큰 뜻의 원대한 꿈을 가슴에 품으신 것을 전혀 상상조차 못했습니다. 그것은 공업고등학교를 세워 기술을 가르치면 취직을 할 수 있고, 삶의 기본인 먹고 사는 문제가 해결된다는 아버지의 깊은 뜻이었습니다.

종중회의 때마다 원로 어르신들을 설득해 학교를 세우기까지는 많은 세월이 걸렸습니다.

평생 공직에 계시면서 인허가 문제라던가 여러 가지 행정적인 문제를 처리하기가 다른 사람보다는 수월했을 것입니다.

이렇게 학교를 세워 개교까지 하면서도 전면에 나서지 않고 조용히 진행하시었습니다.

이렇게 원대한 계획과 실행이 아버지의 노력과 열성의 결과임을, 아버지가 돌아가신 후에야 알게 되었습니다.

형편이 어려운 많은 학생에게는 장학금으로 공부할 수 있게 하고, 여주이씨 후손들에게는 학비를 면제해 주는 혜택으로 일가친척 중

누구도 학비가 없어서 교육받지 못하는 일이 없도록 하였습니다.

이처럼 뜻이 있는 이들에게 길을 내어주어 스스로 삶을 개척하고 발전시킬 수 있게 하고, 널리 후손들에게 조상님의 은덕을 받도록 한 것은 참 고마운 일입니다.

월드컵 때의 '박지성'의 활약과 지금 세계적으로 명성을 떨치고 있는 '김민재' 축구선수의 눈부신 활동을 못 보시고 별세하신 것이 너무나 애석합니다.

엄격하시고 과묵하셨던 아버지, 이렇게 커다란 업적을 남기신 것을 이제야 알아서 죄송한 마음 무어라 표현할 수 없습니다.

아버지!!

살아 계실 때는 어렵기만 하여 다정하게 불러보지도 못했습니다.

아버지!!

아버지가 심은 희망의 씨앗으로 이제는 우리나라도 세계 부유한 강대국과 어깨를 나란히 하는 나라가 되었습니다.

아버지의 소원대로 생업을 넘어서 노벨상을 타는 과학기술 인재가 나올 수 있도록 '수원공고'가 성장 발전하기를 기원합니다.

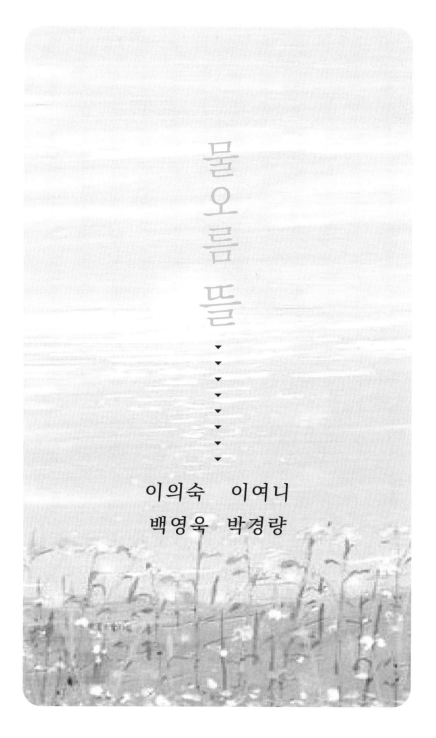

물오름 뜰

이의숙   이여니
백영욱 박경량

이의숙

눈이 오면
안 될 거 같아
내 발자국
푹푹 파여

비가
왔으면 좋겠어
내 발자국
보이지 않게

사슴 부부

당신이 알면
둘이 아프고

당신이 모르면
혼자 아파요

먼 훗날
그때 말하려고
말하지 않았어요
사슴에 탈을 썼습니다

돌대가리 감자

핸펀이 방전됐다. 나를 꼭 닮았다.

발바리 감자와 개냥이 땅콩이가 우당탕탕 한바탕 뛰놀더니 조용해졌다.

꿈과 현실을 오가며 잠이 깨는 아침이다.

감자는 내가 일어날 시간이 한참 지났는데도 내가 일어나지 않자 소 같은 머리로 잠을 깨운다.

"쉬는 날이라고 나가!"

말귀를 알아들었는지 일단 후퇴 시늉을 하지만 이내 다시 쳐들어온다.

"나 쉬는 날이라고 잘 거라고 나가."

감자와 말을 하다 보면 감자가 말을 하려고 옹알이하듯 한다.

내가 일어나야 감자에게 이로운가보다. 목소리도 칼칼하게 잠긴 아침 몇 번이고 말달려 오는 감자의 발소리가 전쟁터 말발굽 소리인 양 평화로운 내 쉼을 부순다.

'감자야, 감자야, 감자야…. 돌대가리 감자야. 너를 어쩜 좋냐. 너를 많이도 미워했나 보다. 어쩜 좋으냐. 속옷이란 속옷을 다 물어뜯어 입을 게 없어 근근이 산다면, 너를 미워한 벌을 받은 게지. 속옷뿐이더냐? 신발은 왜 케 짓물어 뜯냐. 너를 어찌 사랑할 수 있겠냐. 니가 괴물인지 내가 괴물인지 헷갈린다. 아작아작 닥치는 대로 씹어대는 너를 어쩜 좋으냐.'

너무 쓸쓸한 날, 내 머리핀이 해체된 걸 보며 감자를 사랑하기로 했다. 너는 어쩌면 또 다른 나일지도 모를 일이다.

126

해보기나 해 봤어

한 남자와 한 여자는 참 많이 싸웠다.
누구나 사랑을 한다.
그러다 이어 살기도 하고 헤어지기도 하고….
너를 사랑한다 말하지만, 사실은 나 자신을 사랑한 것이다.
내가 사랑하는 너를 사랑하는 거라.
나와 다른 너를 사랑하면서 하나 되기를 바라는 거다.
내가 너에게든 너가 나에게든….
그러니까 사랑은…
내가 사랑하기에 너가 되는 거라
알고 보면 자기 사랑인 것이라
나를 깎든 너를 깎든
사랑을 하게 되면 반드시 서로 변화를 갖게 된다.

숨구멍

    나만의 숨 쉴 구멍 찾아 "정신병동에도 아침이 와요" 넷플릭스 정주행했다.

    마음의 근육을 튼실히 키워야겠다.

    몇 년 전 남편과 함께 정신과 심리 상담을 받은 적 있다.

    "선생님, 그게 어려워요. 선생님 그게 안 돼요."

    "두 분 모두 착하십니다. 그렇지만 두 분 모두 강하십니다. 두 분은 착한 사람으로 인정받고자 겉을 채우십니다."

    "솔직하세요."

    "겉으로 소리 내서 말하세요."

    "당당하세요."

    "왜 그런 생각을 해야 하나요?"

    "뭐가 잘못 되었나요?"

    "당신은 남편한테 눌려 있습니다."

    "당신 생각이 그리 몰고 갑니다."

    "당신은 절대 약하신 분 아닙니다."

    "자체가 당당하십니다. 그래야 삽니다."

    "서로 많이 다르신 두 분입니다."

    "다름을 인정하세요."

    "나에게 맞추기와 그를 맞추려 애쓰지 마세요."

    "한 분은 집에만 있어도 괜찮은 분, 한 분은 집에 가둬두면 죽습니다."

    "서로 다르신 두 분입니다."

    선생님께서 그 상황이 기분이 어땠냐 물으셨다.

눈시울이 뜨거워졌다 고맙기도 미안하기도 하지만, 내 마음속 깊은 곳에는 남편에 대한 답답함과 섭섭함이 그대로 있었다.

어떤 변화를 갖기엔 눌리는 중압감이 너무 컸다.

"선생님…. 그래요, 난 너무 무서워요.

내게 남편은 말을 함부로 하거나, 행동을 거칠게 하거나, 신경을 쓰게 하거나 하지 않습니다.

범생입니다. 삐뚤어진 것을 인정하는 것도, 자신이 삐뚤어져 보이는 것도 허락지 않는 모범생입니다.

내게 강요하지는 않지만 어떠한 실수, 어떠한 일이 있을 때는 얼굴 표정 눈빛에 그대로 드러납니다.

참았던 감정이 그대로 보이고, 그때 한마디 한마디는 무섭습니다.

실수나 싫어하는 것을 하지 말아야겠다 각오해도 돌아서면 잊어버리고도 혼납니다.

그럴수록 튕겨 나오는 나를 봅니다.

벅찹니다.

당신의 남편도 알고 있습니다.

그리고 사랑하는 사람이 당신이라 합니다."

어떤 날

어떤 생각으로 분노를 폭발시키면 시간이 지나 분노했던 결과인 자신만 남고 화나게 했던 어떤 상황은 사라진다.

화가 치밀어 쓰나미 같은 분노를 참으면, 그 분노를 삭히느라 자아는 말을 잃어버린다.

살아남는 게 아니라 살아남은 자가 강자란 말이 있다.

"자신은 스스로 지켜야 한다."

불구덩이에서도 정신을 똑바로 차려서 분노하지 않는 순한 언어로 대응해야 한다.

'세상이 싫어! 싫어!'

실어증의 깊은 호흡을 부드럽게 바꾸며 내쉬어 나를 구해야 한다.

이 평안

'똑 똑 똑…!'
'당신 삶은 평안하십니까?'
겨울 한복판에서 삶이 내게 질문해 오는 것만 같다.
어느 날 새벽 두 시쯤이었다.
'심장이 뛰지 않는 여자가 있어.'
꿈속 음성을 들으며 잠에서 깼다.
꿈자리가 어수선했다.
그 여자는 바로 나였다.
'살고 싶어!'
찾아 헤맸던 숨 조각들이 어느 순간 찾아 들더니,
'살기 싫어! 살기 싫어!'
깊은 우울의 언어가 툭 뱉어졌다.
어디로 가야 할까.
무엇을 어떻게 해야 할까.
이성적으로 상황에 직시하며 숨 쉴 구멍을 찾고 있었다.

별일이 되는 순간

작은 바람에도 울컥거리는 날이 있다.

살아야 하는 날에 고백이 그랬다.

신바람은 플라타너스를 거칠게 잎을 훑어 놓았다.

잎들이 도로의 무법자들처럼 어수선했다.

꼭 전쟁이 난 것만 같았다.

그냥 길을 한참 걸었다.

달이 구름에 꼴까닥하더니, 다시 말짱하게 떴다.

사는 게 참 먹같다는 생각을 했다.

길 위에서 거친 숨을 모조리 토해냈다.

어떤 일이 갑작스럽게 있을 때마다 무너지는 좌절감으로 순간 어지럽다.

별일 아닌데 별일이 되는 순간 늘 불안감이 엄습하고, 습관적인 감정의 쓰나미가 나를 덮친다.

그런 날은 물건도 잘 흘리고 다닌다.

남편에게 핸드폰 잃어버렸다고 말했다.

핸드폰 없이 살란다.

예전에도 잃어버렸다고, 지금도 잃어버렸고, 앞으로도 또 잃어버릴 거라면서….

화가 치밀어 올랐다. 극단적인 언어를 선택하고 곧바로 공격했다.

대화가 되지 않아 속상했고, 내 마음을 몰라줘서 심장이 팔딱거렸다.

숨이 막혔다.

답답한 마음을 어떻게 표현 못 하고 소리를 내질렀다.

다음 날 아침 다시 공격했다.

당신은 상대의 감정을 모르는 싸이코패스라고 쏘아붙였다.

그러자 창자를 끄집어내듯 괴성을 지르더니, 나 때문에 미쳐버리겠단다.

이건 완전 자폭이구나.

그 순간 차분한 생각이 들었다. 그 찰나에 호흡이 진정됐다.

이것이 나의 큰 변화다.

전쟁 같은 사랑

'지금 행복하니?'

아침이 되어도 일어나지 않자, 땅콩이가 손가락을 깨물고 감자가 방으로 와 소머리만 한 머리로 나를 깨운다.

지들끼리 아침 스파링을 시작하려는 눈빛을 주고받는다.

'어디 슬슬 시작해 볼까?'

눈빛 교환을 하는 이들을 보며 내 안에 불안감이 눈을 뜬다.

'어느 편도 들지 말아야지.'

생각뿐 나는 늘 작고 어리기만 한 땅콩이 편에 선다.

땅콩이 다치면 안 돼!

감자가 노는 장난감이 아니란 말이야.

뱃속에 무엇이 들었는지 궁금해하면 안돼!

악어 같은 잎으로 땅콩이 머리 깨물면 안돼!

넌 무조건 이기면 안 돼!

땅콩이는 보호받아야 할 아주 작은 사랑스러운 존재니까.

그렇지만 소 눈망울을 닮은 선한 너의 눈동자는 지켜야 할 거야.

땅콩이에게는 초승달과 같은 날카롭고 예리한 발톱이 막강한 무기로 있으니까.

늘 조심해.

너 또한 내가 사랑하는 감자니까.

미안

"미안" 남편에게 사과했다.

처음으로 미안하다고 진심을 말한 것 같다.

당신 나와 살기 참 버거웠겠다.

나를 만나는 순간부터 먹여 살려야 한다는 원죄로 지옥에 살고 있는 당신에게 묻고 싶다.

"당신 언제가 제일 행복했어?"

"나를 만나던 처음 그 순간?"

당신의 모든 것을 다 받고도 행복하지 않은 나는 욕심쟁이인가?

당신 자유했음 좋겠다.

당신 지금부터 행복했음 좋겠다.

당신은 어디에 갇혀 허덕이고 살까.

당신 내게 참 고마운 사람인데…, 나를 참 힘들게 해.

내가 위로해 주고 싶은데, 나로 안 되는 건가?

당신 나로만 행복하지 않은 건가?

바부탱이… 바부탱이….

얼만큼 아파야 아프다고 말하는지 몰라.

아프다고 말할 때는 숨이 끊어지기 직전이었다.

명치 끝에 심장 하나 걸렸다.

턱턱 심장이 쪼개어진다.

마지막이라 생각이 들 때, 그 마지막 순간 남겨야 할 말

"내가 많이 사랑한다고."

이여니

햇빛 솟아 밝은 날
이런 날은
멋 부리며 나가고 싶다.
나는
멋스러운 걸
참 좋아한다.
나이를 먹을수록
매력 있게 살고 싶다.
멋 부리는 데도
부지런해야 하고
노력도 필요하다.

내면의 멋, 몸도 마음도
건강하게 가꾸어야 한다.
나는 가끔
멋쟁이란
말을 들으면 좋다.
사치가 아니고
낭만적인
분위기를 즐기는
진정한 지성인이고 싶다.

그니는 고향이다

언제나
언제 가도 어느 때 가도
묻지도 따지지도 않고
감싸 안으며
다독여 줄 것 같은
고향
그런 고향 같은 이가 있다

보기만 해도
잔잔한 그런 이
그니에게서 고향을 느낀다
무채색이지만
팔 벌려 안아주는
그니는 고향이다

따뜻한
가슴을 가진
고향이라고
말하고 싶은 그니가 있다
그니는 고향이다

그날

눈 내리는 거
보셨나요

몸은 가만 있는데
생각만
곤두박질하여 달려갑니다

어린 시절
눈 내리는 그날로

강아지처럼
좋아라 뛰어다니던 그날로

몸은 가만히 있고
생각만
그 유년의 시간을 다녀왔습니다

누구라도 만나고 싶다

첩첩 보이는 산등성
그 너머로
붉게 타는 노을이 아름답다

나래를 접고
숨 고르는 산새들
사랑 노래 나누고

한 자락 바람은
지친 하루
수고를 어루만진다

멀게만 보이는 산마저
가깝게 보이는 가을이다

가을은
쓸데없이 그리움만 가득하다

그런 날
누구라도 만나고 싶다

꽃비

바람 부니 더욱 좋다
연분홍 꽃비
언니 머리 위에도
신발 속에도
치맛자락 날리며
꽃비 맞는다

꽃보다
더 환하게 웃는 우리
마음 깊이 잠겨 있는
삶의 비애
꽃비에 날리고
마음껏 웃는다

축복하듯
바람에 휩쓸리며
비처럼 내리는
꽃비 마음을 가진 사람에게 젖고 싶다

무심한 바람

한낮
바람이었나
그렇게 흔들어 상흔을 남기고

이렇게
이렇게 떠나가는 너

하늘 밑
먼 산들은 겹겹이고

물 가득 머금은
구름 또한 높은데

설운 눈물
두어 방울 던져주고
바람은 또 무심히 지나간다

그리고 달

매정하여
떠나가는 시간들
상처도 그리움도
그 시간 속에 함께 지난다

괭이가 되어 버린
그 아픔도
다시는 마주하고 싶지 않은
시련의 시간들도 지나간다

하늘에 펼쳐진 오로라처럼
아련해지며
그리워지는 지난 것들
창백한 야윈 낮달로 떠 있고

지난 날 그대와 함게
쳐다보던 달, 고왔던 그 달
내가슴에
만월로 떠오른다.

나는 꿈꾸고 있다

파도에 실려 함께 밀려오는
네 모습
만나고픈 간절함
파도와 함께 부서진다

파도의 포말과 함께 밀려오는
너를 꿈꾸고
썰물 되어 달아나는
너를 붙잡는다

벚꽃 그대

황홀하여라
꽃구름 머리에 이고
만개한
벚꽃
하르르 춤을 춘다

바람에 띄운
그대 마음 한 조각
꽃물이 들어
나에게 온다

따스한 햇살에
만개한
벚꽃 그대
세상을 물들이고
나를 물들인다

봄 오시는 날

봄
오시는 날
그대도 왔으면

봄
저 혼자 오는 길목
햇살 가득하여
부드러운 대지
따스한 숨결
나무에 물이 오르는데
그대 소식은 없다

목 길게 빼
골목길 서성거려도
그대는 오지 않고
먼 산, 먼 들녘 아지랑이로
반짝이는
내 눈물….

뜬금없이

뜬금없이
하늘을 올려다보는 게 좋다
구름 한 점 없는
맑은 날

저물어 가는 시간
붉게 타는 노을
비가 들어 있는 먹구름
계절에 따라서 달라지는 구름 등등
다양하게 보여주는 하늘의 얼굴

하늘을 보는 건
나만의 자유와 행복
변화무쌍한
그 하늘을 읽는다

계절의 맛

"가을 맛" 보라고, 감을 보낸다는 오빠의 문자.
마음 따뜻해지며 오빠의 정이 함께 온 듯 반갑다.
고향에서 언덕 위에 하얀 집 짓고,
나무를 좋아해서 각종 나무를 심고 가꾸며
자연 속에서 홀로 지내고 계신다.
상처한 지 얼마 되지 않아서 많이 외로울 듯
그 외로움을 떨쳐내는 방편으로 무엇인가에 몰입하며
나무 키우기를 하시는 것 같다.
봄이면 냉이를 캐서 '봄을 느껴 보라'며 보내신다.
이런 오빠의 감성이 오롯이 전해져서 마음이 많이 짠해진다.
올케 언니가 살아 계시면 얼마나 예쁘게 사실 텐데 마음이 무겁다.
봄에는 두릅도 수확하여 생산적이기도 하다.
사계절을 충분히 느끼시며 마음 가는 대로 시도 쓰신다.
잘 살고 계시는 모습에 감사하다.
오빠 덕분에 계절의 맛을 쉽게 고루 맛보며 바뀌는 계절을 느껴 본다.

백 영 욱

추억은 아름답다.
우리라는 둘레는
기쁨이다.

걸어가는 길에
사랑이 있다.
같이 가자.
함께 가자.

미래가
행복으로 펼쳐질 것이다.

꿈

새벽,
기도를 한다
한 시간이 지나가고
깜박 잠이 든다

내 앞에
사람들이 줄을 선다
한 사람씩 앞에 온다
내게 돈을 건넨다

공터
꾸러미가 여기저기 쌓여 있다
하나님이 말씀하신다
평생 네게 주는 것이다

깬다
생생하다
이십 년 동안
풍성한 은혜가 넘친다

나그네

나그넷길에 들어선 지 어언 74년
배움과 사랑 그리고 이별의 반복
희락과 애통에는 아픔이 있다

동무들과 어깨를 맞대며 놀이하고
길을 걸으며 산책과 사색도 하고
삶의 터전에는 겸손과 미덕이 있다

과거를 회상하며 미소를 짓고
오늘을 살면서 씩씩하게 걷고
내일의 삶에는 행복과 축복이 있다

언제나 좋은 날이 되면 좋겠다
언제나 웃는 날이 되면 좋겠다
언제나 복된 날이 되면 좋겠다

인생은 함께 가는 나그넷길이다

반지

아버지의 금은방
아내가 될 숙에게
사파이어 반지와 금목걸이
금팔찌를 선물했다

남대문시장
숙과 나는 아버지와 함께
순대국밥을 먹었다
아버지는 술
나와 숙은 콜라

반세기 지난 지금 반추의 그리움이
온몸에 가득 채워지는 사랑
눈가에 맺히는 이슬은
천국에서 만나자는 차표 한 장

은혜를 찾아가는 이정표
내 손에 끼워지는 반지는
아내와 함께 끼는 증표다
지금 아내와 아들은
무엇을 하고 있을까

봄길

동리 외길을 따라 걷는다
천천히 힘을 주며 근육을 푼다
관절의 진통에
쩔뚝이며, 쩔뚝이며 걷는다
고행에 들어선 기분이다

높은 전철 장벽을 따라 걷는 나
봄을 알리는 새싹들이 길 언덕을 키운다
관절의 아픔에
쩔뚝이며, 쩔뚝이며 걷는다
명함에 들어선 기분이다

신선한 바람에 얇은 향기
아무도 없는 한적함에 고요가 있다
관절의 진통에도
나아진다, 나아진다 기도하며 걷는다
적막함이 봄길 속에 젖어든다

믿음과 소망이 사랑으로 치유된다

풋감

백운대 가는 길옆 감나무가 서 있다
눈을 크게 뜨고 쳐다보니
내 손으로 잡을만한 곳에 달린
감이 초록색이다

손으로 따 쓱쓱 문질러 닦는다
한 입 깨물어 꼭꼭 씹어 먹는다
딱 걸린 것같이 너무 떫다
침이 고이며 퉤퉤 뱉는다
가지고 있던 물로 입을 헹군다

풋감처럼 떫은 사람이 있다
동리 여자로 정자에 앉아 담배를 핀다
다른 사람과 대화하는데 정나미가 뚝 떨어지게 한다
묘한 사람이라고 생각했다

한 음식점에서 순대국밥을 시켰다
들깨와 소금이 없었다
주인에게 물어보니 양념해서 나온다고 했다
풋감처럼 떫은 음식점이라고 생각했다
지금의 내 인상이 떫은 사람처럼 되지는 말아야지….

팥빙수

한여름, 여름방학의 시작이다
아줌마가 시장에서 얼음을 사 온다
쇄빙기로 얼음을 간다
팥빙수에 넣은 견과류
입안이 시원해진다

30대, 더운 여름
냉장고에 얼린 얼음덩어리
아내가 쇄빙기로 얼음을 간다
팥빙수에 넣은 견과류
입안이 시원해진다

60대, 더운 여름
대학원 학우들과 함께 한
맥도날드
견과류가 가득한 팥빙수를 먹는다
입안이 시원해진다.

장위문학

사랑으로 이루어진
장위문학의 소통
어울리는 통로
관심의 너그러움
축복의 작은 미소
행복이 넘쳐흐른다

우리의 믿음 소망
미래의 흐름이 넘친다
장위문학은 은혜다

상처 그리고 치유

잡을 듯 잡히지 않는
추억의 이름
누상동
어느덧 황혼 속에
묻히고 만다

구슬 같은 작은 글 모아
시냇물에 흘리니
굽이마다 맺힌
가족 사랑
슬픔을 자아낸다

가슴 아픈 사연 모아
돌담을 쌓다 보니
어느덧 아물어진
상처
작은 미소로 내일을 본다.

2006년, 2층의 고미다락방(a garret)을 칠하다 그만 바닥에 떨어졌다. 심각한 후유증으로 치매 증상까지 나타나면서 가족과 함께 안정된 생활을 영위할 수 없었다.

쓰러지고 넘어지며 걷는 훈련을 했다.

가끔 집을 못 찾아 헤매다가 경찰의 도움으로 돌아오곤 했다.

2009년, 결국 아내와 아들을 뒤로한 채 미국을 떠나 한국에 돌아왔다.

2010년 3월, 치유를 위해 공부를 시작했다.

신동신정보산업고등학교-동서울대학교(노인학)-건대 미래지식교육원(아동사회복지학)을 거쳐 올 2월에 졸업한다. 그리고 백석대학원에서 보육학을 전공하여 석사학위를 받았다.

나는 뇌 병변으로 지적장애를 동반한 장애 2급자다.

부단한 노력으로 지금은 약 70%의 치유를 보았다고 생각한다.

6년 전, 송파 방이복지관에 등록하여 김미원 강사로부터 수필을 배우기 시작하여 오늘에 이르렀다.

지금은 유지화 교수님에게서 문학수업을 받는다.

2년 후 정상에 가까운 사회인이 될 것이다.

최종 목표는 복지의 길에서 아동과 노인을 위해 헌신할 생각이다.

이것은 내가 나를 사랑한 결과이며, 앞으로도 '내가 원하는 곳에 나의 길은 열릴 것이다'(My way will be opened where I want).

나의 길 나의 행복

아버지가 돌아가시자 절망과 지독한 그리움이 나의 가슴에 문신처럼 새겨졌다.

그리고 세월이 흘러 아버지 흔적들이 서서히 지워져 가고 있었다.

결혼하고 아들이 태어났다. 천하를 얻은 기분이었다.

신기한 세상에 사는 것 같은 기분이었다.

신세계백화점에서 아이에게 필요한 물품을 잔뜩 사 집에 돌아와 풀었을 때, 아내의 잔소리와 함께 기쁨이 절로 넘쳐났다.

부모님은 손자를 보자 만면에 웃음이 가득해지고 어울리는 사랑에 행복이 가득하셨다.

아내는 넘치는 복을 받듯이 주머니가 돈으로 가득해졌다. 손자를 받았던 장모님도 미소가 끊이지 않았다.

이제 부모님도 천국으로 가시고, 아내와 아들을 미국에 두고 나 홀로 수서에 살고 있다.

가족의 흔적들을 지워가며 술 한 잔으로 잠자리를 달랜다.

한숨을 쉬며 취해가는 나의 모습이 너무나도 불쌍해 보였다.

늙으니 패기도 없어지고, 내일에 대한 기대치도 작아진다.

그저 하루하루가 무미건조한 삶으로 변해가고 있었다.

그런 와중에 삶의 활력소가 되는 문학을 만났다.

쌓여만 가는 낡은 흔적들을 말끔히 청소해 주는 문학이 나를 일으켜 세웠다.

늙고 병들고 제대로 걷지 못하지만, 생의 반전이 행복으로 가득하게 만들어준 것이다.

언제 마감할지 모르는 인생이지만 후회 없이 사는 축복으로 만들어준 것이다.

인생의 길에서 하늘을 본다.

작았던 목표들이 시와 수필로 채워지며, 삶의 흔적들이 조금씩 새로운 공간으로 이동하는 모습을 본다.

사랑으로 채워지는 평안이다.

"환한 얼굴 뒤에 슬픔이 도사리는 나의 삶
웃음보다 마음이 즐거워진다면
화사한 미소 속에 행복이 온다."

나는 왜 자서전을 써야 하는가?

　살아가면서 중요한 것 중의 하나가 바로 자기 자신에 대한 이해다.
　지금까지 살아온 인생에 대한 정리가 필요한 것은, 자서전을 통해 가족과 타인과의 소통을 이해하는 것이다.
　긍정적인 믿음으로 살아왔다는 것, 자기 죽음 이후에도 남겨진다는 것, 내가 아는 이에게 전해질 것이라는 기대 중 하나이다.
　나 자신이 쓴 삶의 기록들은 살아온 인생을 회상하여 만든 것이다.
　체계적이고 구체적으로 정리한 글이다.
　복습과 예습은 사회생활에서도 필요한 것이다.
　자신이 살아온 역사를 기록하면서 나의 사상과 과거를 되돌아보게 하는 것이다.

　나는 왜 자서전을 써야 하는가?
　미래의 자화상을 그려보는 것은 자서전을 써서 남겨진 가족과 지인이 나를 추억하게 만드는 이유이기 때문이다.
　치유 속에 사랑이 은혜로 넘치기 때문이다.

박경량

언제나
지금
이 순간을 충만하게
살고 싶다.

절제된 가운데
삶에 질서를 가지고
생활하고 있는
나.

가끔은 온전히
나를 위한 시간도
여유도 즐기며
살고 싶다.

선물

엄마 품 우리 아기 꽃보다 환합니다

집안은 웃음꽃이 떠나지 않습니다

"이보다 예쁜 꽃 있을까요. 나비도 날아옵니다."

낮은 목소리로

낮은 목소리로, "그래 네 식솔은 네가 챙겨야지."

온 식구가 일과를 마치고 각자 자기 몫을 챙겨 들고 돌아갔다.

아이들이 떠나간 집은 다시 적막감이 흐른다.

나는 라디오를 크게 틀어 놓고 콧노래를 부르며 뒷정리한다.

"그래도 둘이나 낳아 키우니 좋으네. 오순도순 모일 수도 있고."

이 층에 사시는 아주머니에게 겉절이를 가져다드렸더니, 너무 맛있다고 칭찬해 주시니 이 또한 기쁘다.

절친 친구에게도 주었더니 너무 좋아하는 모습이 눈에 선하다.

나 역시 내년에는 안 하리라 했었다.

올해도 손사래를 쳐보지만 닥쳐봐야 아는 거지.

김장하는 날

김장 때가 돌아오면 생강과 마늘을 까서 절구에 쿵쿵 찧어 담아주고, 배추가 들어오는 날이면 두 쪽으로 잘라서 욕조에 옮겨주고, 무양념 등을 다듬어 주고 힘들지 않게 도와주던 우리 집 기둥은 아들딸을 짝지어 주고 내 곁을 홀연히 떠나버렸다.

가을이 오면 어김없이 김장해야 일 년 농사를 지어 놓은 것처럼 마음이 편안하다.

올해도 며칠 전부터 김장에 필요한 양념을 준비하고 주말을 이용해 배추를 들여왔다.

마당에 널브러져 있는 배추는 누가 손을 보태줄 사람이 없다.

모든 것은 내 손으로 해결해야만 한다.

배추를 절구고, 밤에 다시 뒤집어 놓고 양념을 준비하니 늦은 시간이 되었다.

잠시 눈을 붙이고 꼭두새벽에 일어나 배추를 씻어 놓고, 김치 담을 그릇도 준비하고 양념도 만들어 놓으니 이제 반쯤 준비가 끝날 무렵 벨 소리가 들린다.

아들네 식구 도착.

꼬맹이들이 들어오면서 김장은 우리가 할 거라며 할머니는 쉬란다.

그래서 또 한바탕 웃었다.

양념 대야에 삥 둘러앉았다.

며늘아기는 손주들 고사리손에 장갑을 끼워주면서 우리 먹을 것은 우리가 하자면서 시작을 한다.

늦게 도착한 딸이 겸연쩍게 웃으며 들어와 장갑을 끼고 속을 넣는다.

아들과 사위는 심구름꾼. 아낙들 잔소리에 정신을 차릴 수가 없다.

아기들은 한 포기의 양념을 넣지 못하고 몸이 꼬이는지 요리조리 비틀면서 난리가 아니다. 여기저기에 고춧가루를 묻히면서 장난을 친다.

나도 모르는 사이에 인상이 저절로 구겨짐을 감지하면서 '애들 앞에 이러면 안 되지' 속마음을 다잡으며 눈을 꼭 감고 귀를 막고 주방에서 점심을 준비한다.

나와 보니 그래도 얼추 끝이 보인다.

나는 부지런히 김치통을 정리해 두 집이 가져갈 통을 두 줄로 세운다. 배추, 달랑 무, 겉절이 등 통이 다섯 통씩.

꼬맹이 옷을 벗기고 씻겨 내복만 입힌 채 소파에 앉히고, 여인네들은 욕조에서 다라이 장갑 등을 씻느라 분주하다.

그 사이 나는 겉절이 보쌈, 동태찌개를 준비해 밥상을 차려 놓고 애들이 나오기를 기다린다.

어른이나 아이 할 것 없이 겉절이에 고기를 싸 한 입씩 입에 물고 우직우직 씹는 모습이 예쁘기만 하다.

설거지를 마치고, 커피와 과일을 가운데 두고 온 식구가 둘러앉아 정담을 나눈다.

"엄마 이제 공장에서 시켜 먹어요. 너무 힘이 들어, 다음에는 포기합니다."

며늘아기

아들을 장가보내고 나면 모든 것이 내 세상일 줄 알았는데, 1년이 지난 지금 할머니가 아닌 엄마가 되어 있었다.

며느리는 직업상 두 달도 쉬지 못하고 출근해야만 했다.

아기를 남겨두고 아침 일찍 출근하는 모습을 보고 있노라면, 가슴이 찢어지듯 아파 나는 마음의 결심을 했다.

아이가 어느 정도 클 때까지 아이를 위해 봉사하리라.

그런데 아이를 낳은 부모는 어쩔 수 없나 보다. 며늘아기 모성애가 지극하다.

젖이 불으면 한 방울도 헛되게 하지 않고 봉지 봉지 채워 냉동시켜 가져오면, 나는 그것을 데워 정성 들여 먹여가며 기른 탓인지 두 아이는 유독 할머니를 좋아한다.

아기 때부터 길러준 고마움을 알아서인지 소파에 앉아만 있어도 양쪽에서 서로 이리저리 당기면서 조금이라도 더 차지하려고 안간힘을 쓴다.

세월이 흘러 이제는 내 몸이 예전 같지 않을 때가 더 많다. 이제는 모든 걸 끌어안고 가기에는 벅찬 듯싶어 하나하나 내려놓으려 한다.

크지는 않지만 아담한 내 집이 있지 않은가!

여름에는 상추나 고추 등을 심고 가꾸는 여유로움도 가져보고 싶고, 이웃과 이런저런 이야기도 하면서 여유롭게 지내고 싶은 것이 나의 희망이다.

타오름 뜰

노옥자 　 김진수

김비야 　 권민선

노옥자

고향 군산시 마룡초등학교는
남녀 합반이었다.
내성적인 나는 놀림받아도
혼자 참아내는 순한 양이었지.
노래가 좋아 가슴속 깊이
음악의 씨를 뿌려놓았건만
"음대는 안 된다"는 한마디에
또 벙어리가 되고 말았다.
중앙대 국문학과를 졸업하고
이듬해 결혼,
4남매를 양육하면서
고1 때부터 성가대원으로
70년간 찬양을 했고,
YWCA 외 여성합창단원으로
중년을 지내던 중
꿈을 찾아 문학에 입문했다.
그간 동인지 제1집 출간,
시집 『너희들이 빌딩이다』
출간 후 동인지 제2집을
출간하게 되니
마음 뿌듯하고 보람을 느낀다.

소망

꽃가지에 맺혀진 콩알만한 꽃망울을
누가 꽃이라 불렀나
나뭇가지에 움트는 뾰족한 여린 잎새
누가 잎이라 불렀을까

흐르는 세월과 함께
작은 꽃망울은 예쁜 꽃으로 활짝 피고
뾰족하게 움트는 여린 잎새
새파란 잎으로 모습을 드러내듯

애환이 담긴 우리 인생 삶의 여정에서
생각과 시선을 높이 두고
소망의 탑 쌓아 가면
눈부신 순풍의 삶이 찾아오리라

바다

하늘과 바다는 마음 맞는 친구인가 봐
하늘이 맑고 푸르면 바다도 맑고 푸르고
우중충한 하늘이 장대비 퍼부으면
바다의 얼굴도 거무칙칙

우리 인생의 호롱불 밝게 켜면
거울 앞에 내 모습 밝아지고
마음속 호롱불 깜빡이면
거울 앞에 내 모습 흐릿해지네

삶의 희로애락도 내가 만든 작품
아픔과 슬픔 모든 것
바다에 던져버리고
파란 하늘처럼 밝게 살아가리라

단비의 마음

오래오래 보고 싶은 어여쁜 꽃들
비바람에 우수수 떨어져 짓밟힐 때
비바람을 원망했지

주룩주룩 내리는 비의 가슴에
깊은 사랑이 담겨 있음을
이제야 알겠네

산천의 수목들이 가뭄에 말라가고
대지가 목이 말라 쩍쩍 입을 벌릴 때
사랑으로 부어주는 단비의 마음

보이는 것만으로
비판하고 원망하는 이에게
실천으로 사랑을 부어주는
단비의 온유한 마음
이제 알았네

감사의 마음

눈부셔라
붉게 타오르는 서편 하늘
체감온도 34~5℃를 오르락내리락

남쪽엔 우중충한 잿빛 하늘 쏟아붓는 장대비
집들이 무너지고 가족을 잃은 뼈아픈 소식

내일 일을 알 수 없는 인생이기에
이 어려운 세상을 이기고 살아가려면
겸손히 손 모을 수밖에

엊그제 씩씩했던 지인들이 조용히 떠나고
육신은 나날이 연약해져
만남도 통화도 어려운 인생의 끝자락
무슨 욕심과 교만을 불러오리오

온종일 소리 높여 우렁차게 불러주는
매미들의 합창 소리 들으며
주어진 하루하루
감사의 마음 담아 곱게 살아가리라

하늘과 나는

무덥던 여름
가을을 불러 놓고 슬며시 떠나갔네
물처럼 흘러가는 우리네 인생길
구름처럼 떠도는 나그네의 삶

들녘엔 곡식들이 황금빛으로 영글어 가고
과일들은 제각기 최고의 맛을 자랑하는
사랑과 감사가 넘치는 풍요의 계절

어이하여 내 가슴에는
알알이 맺힌 추억들만이 첩첩 쌓여
그리움의 산을 이룰까

그리움도
슬픔도 감사를 부어 가꾸면
내 앞에 꽃향기 짙게 풍기는 꽃길이 열릴 거야
하늘과 나는 마주 보며 활짝 웃네

언어의 파장

자유롭게 언어를 소통할 수 있는 만물의 영장
우리 인간들은 선택받은 복된 자로다
입술 안에 숨겨져 있는 작은 혀의 언어는
무한한 파장으로 우주를 변화시킬 수도 있지

긍정적이고 미래지향적인 언어는
상대의 가슴에 값진 에너지를 공급해 주고
함부로 내뱉는 독설은 사나운 가시가 되어
심한 고통으로 몸부림치게 한다

말할 수 있는 특권을 받은 우리의 언어
누구에게나 희망과 긍정의 뿌리가 되어
영육 간 넘치는 사랑의 파동을 통해
빛과 소망의 봉우리가 주렁주렁 맺혀지길 원하네

봄을 여는 꽃

찬바람의 여운도 슬며시 사라지고
새 옷으로 차려입은 진달래, 목련, 제비꽃
선녀인 양 우아하게 피어나더니
2023년의 봄을 활짝 열어주네

방긋방긋 환하게 웃는 꽃들
자신들의 고운 맵시에 취해서일까
아름다움에 현혹된 우리 가슴에
행복을 채워주는 기쁨이라네

구름 한 점 없이 펼쳐진 푸른 하늘
꽃방석 곱게 깔아놓은 듯
아쉬움 안고 천천히 흐르더니
하늘도 붉게 물들었네

진실의 거울

나는 때때로 거울 앞에서 나를 본다
거울은 진실만을 보여주는 무언의 순수함
머리끝에서 발끝까지
내가 요청하는 대로 보여주고 지적해 주는
자상한 보호자이며 스승과도 같은 존재이다

맨눈으로는 보지 못해도
영안으로 볼 수 있는 의지 감성까지 보여주며
가장 옳은 길을 선택할 수 있는 거울
내 안에 존재 한다면 얼마나 좋을까?

때로는 나의 지혜와 지식의 결핍으로
선택의 갈림길에서 허덕일 때
영안의 거울이 올곧은 길로 인도해 준다면
나는 진리와 진실의 길을 당당히 걸을 수 있을 텐데

내가 사랑스럽다

나의 젊고 싱그러웠던 옛 모습이
뇌리에 스크린처럼 환하게 떠오른다
대학 졸업 후 스물다섯 살에 결혼
두 해 동안 시부모님의 이해와 사랑을 받으며
평화롭게 살았다

결혼 60년이 된 시점에서 뒤돌아보니
남편이 인턴, 레지던트, 박사학위 취득까지
2남 2녀 출산, 양육, 교육, 결혼의 고난 잘 이겨내고
조용히 많은 일들을 잘 감당해냈다

어렸을 때는 보호 받던 자녀들이
장성해지면서 나의 보호자가 되어주고 있는 지금
나의 얼굴은 노송을 닮은 듯
주름만 늘어나고 체력은 약해져 간다

실망하거나 낙심하지 않는다
80 고개 훌쩍 넘은 시점에서도
내 스스로 내일을 감당하며 즐겁게 살고 있으니
부르심을 받는 그날
한 송이 꽃처럼 곱게 가리라

12월의 간구

올해 마지막 잎새도
한 잎 두 잎 노랗게 물들어
살포시 떨어져 날리네

새해를 맞이할 때 품었던 파란 꿈은
바람 따라 어디로 사라졌는지
뒤돌아보니 허무뿐이네

시계는 쉼 없이 정직하게 돌아가고
세월도 인간 앞에 진실하건만
우리 인생은 때때로 실족할 때가 있네

온전한 삶을 살도록 우리 영혼을 지켜주소서
남은 생애 견고하고 보람 된 삶으로
가슴 속에 한 점 부끄러움 없이 살아가기를
마음 모아 기도하네

장미 축제

살랑살랑 머리카락 날려주는 유월의 첫날
꽃 잔치 보러 가자는 두 딸과 함께
송도 캠퍼스타운역 부근 꽃게탕 맛있게 먹은 후
화려한 장미꽃 축제 동산으로 향했다

화사한 꽃들이 한들한들 춤추며 인사를 하고
빨강 노랑 분홍 하양 보라색의 앙증맞은 장미꽃들
짙은 꽃향기에 취해 그네 타고 사진도 찰칵
벤치에 앉아 도란도란 얘기 나누는 평화로운 시공간

어디가 끝인지 알 수 없는 널따란 장미원
몸도 마음도 평화만이 가득한 이곳이 천국인 듯
집으로 향하는 마음은 여전히 꽃밭에 있네

내가 받은 선물

오늘도 붉은 해가 방긋 떠오를 때
황홀한 내 가슴은 감사로 넘쳐나네
내 맘에 사랑의 씨앗 정성 담아 뿌리세

선물로 받은 오늘 감사와 기쁨 충만
귀하고 아름답게 피어난 사랑의 꽃
내 품에 한 아름 가득 안고 감사 찬송 부르세

나의 호사는 내 가슴 안에

호사는 가져오는 게 아니라 내 마음 안에 있지 않을까?

삶의 여정 중 크고 작은 일들을 기쁨과 감사로 쌓아 나가면 호사가 될 것이다. 젊었을 때 호사는 남편 의과대학 동문들 20여 명이 부부 동반으로 베트남, 하와이, 대만, 일본 등을 순방했던 때이다. 그 추억이 담긴 빛바랜 사진을 보면서 새삼스레 혼자서 흐뭇하게 웃는다.

이것이 30대의 호사가 아니었을까?

50대에는 교회에서 우리 부부를 중심으로 차녀와 차남 내외까지 성가대원으로 찬양하며 예배드리고, 크리스마스 때는 의상을 준비해 연극까지 했고, 장남 내외는 송구영신 예배 때 같이 예배드리며 성악 전공한 큰 자부는 특송으로 영광 돌렸지.

추억의 사진을 보면서 진정한 행복에 겨워 감사의 눈물을 흘렸네. 또 국내외에서 옛 친구나 지인들의 전화, 카톡을 받을 때 우리는 다시 학창 시절로 돌아간 소녀인 듯 마음껏 웃는다.

혼자서 감미로운 음악을 듣고 흥얼댈 때도 무한 행복을 느낀다.

우리는 언젠가는 죽음에 이른다는 사실을 알고 있지만, 긴 세월이 지난 오늘도 살아 숨 쉰다.

유 교수님의 섬세한 강의를 듣고 문우님들과 가족 같은 사랑 안에서 부드럽게 교제하며 공부할 수 있으니, 노년의 호사가 아닐까.

"욕심이 잉태한즉 죄를 낳고 죄가 장성한즉 사망을 낳느니라"했으니, 과욕을 버리고 자신과 이웃을 사랑하며 감사로 정화시키며 기쁘게 살면 내 가슴 안 호사가 아름다운 꽃으로 활짝 피어날 것이다.

작은딸 생일에 호사의 글을 쓰게 되니 더욱 가슴이 쿵당거린다.

김진수

월곡산 자락
장위동 고개
성북문예창작교실에서
문학의 꿈을
잉태한 지 오 년,
드디어
출산한 작품 몇 편이
세상의 빛을 보았다.

대낮에 벌거벗은
민망함을 무릅쓰고
감히 내놓는다..
매화꽃 벙근
창가에 앉아 화폭을 펼친다.

오늘도 전을 부치는 아내
당신 있으매
내 여기까지 왔습니다.
고맙고 사랑합니다.

각방 쓰기

결혼 생활 47년 차
백수가 되면서부터
각방 쓰기를 선언했다

긴 세월 하루같이
땀띠 나게 붙어살던 우리 부부
나는 어머니 쓰시던 방으로
밀려 나온 마당쇠 신세
아내는 갑자기
양반댁 안방마님으로 신분 상승

장난기 발동하면
잠옷 입은 채 안방 밀고 들어가
껴안으면서 하는 말

"호박씨 까는 안방마님
마당쇠랑 바람났다네"

실없는 농담으로
일탈 꿈꾸는 우리는 유쾌한 부부

당신 있으매

한 달에 쌀 한 가마 먹는다는 말
무슨 의미일까?
흙수저 물고 만난 우리
신혼 삼 년 차
아이들 하나둘 태어나는데
중학교만 마치고
줄 서 올라 온 동생들
넷째, 다섯째는 야간 고등학교로
둘째는 양복점으로
셋째는 인쇄소로

대문 양쪽 문간 셋방 두 칸
삐그덕 소리 마음 졸이며
숨죽이고 산 여덟 식구
연탄불에 밥하고
찬물로 손빨래하는
돌아설 틈도 없는 비좁은 부엌
화장실은 대문 밖에 두고
살아 온 인고의 세월

삼월이 기다려지는 이유

20분이면 오를 수 있는
개운산 두고
넓은 운동장에는
새벽 6시부터
에어로빅 춤판이 벌어진다

L 강사의 아름다운 율동에 반해
짝사랑하듯 오르내린 일년
열댓 회원들 틈에
늙은 몸치가 끼어
허수아비처럼 허우적댄다

감각이 둔해 못 따라온다고
순간순간 내 앞에 나타난 그녀
예쁜 엉덩이를 흔들다 가기도 한다

석 달째 지루한 방학 중
한바탕 온몸 비틀고 나면
신천지 열린 듯 상쾌해지는
그 아침이 기다려진다
3월이 기다려진다

애월정 앞에서

북서울 꿈의 숲
달빛 어린 월영지月影池에
늘어진 수양버들
머리 감을 때
애월정愛月亭 난간에
시인들 모여
시심詩心을 캔다

지천으로 핀 봄꽃
벚꽃, 개나리, 진달래의
소리 없는 아우성
우뚝 솟은 전망대
우릴 보고
시샘을 한다

인민군 소위 응철이

어머니가 처녀 때 업어주던
이웃집 지서장 아들 응철이
해방과 함께 사라졌던 그가
6·25 때 인민군 소위 계급장 달고 나타났다

누님! 이제 우리 세상 되었습니다
위대한 인민의 세상
친일파 지주 창고 문 활짝 열어
나누어 준 벼 가마 메어다 놓고
후환이 두렵다고 마음 졸이던 부모님

어느 날 장터에서 요란한 총소리…
점심 먹다 경찰 습격받아
쓰러진 바로 그 청년
이념의 제물로 사라진 그가
불쌍하다고 목 놓아 우시던 우리 어머니

그가 꿈꾼 세상은
어떤 세상이었을까

전어

전어철이라고
노량진시장을 갔다
일킬로그램에 삼만 원이란다

여기저기 기웃거리다
이만오천 원 부르는
아줌마 넉살에 그만-

집에 와 달아보니
칠백그램
따져보니 삼만오천 원

눈 뜨고 코 베이는 세상이라더니….

찔레꽃 누이

월사금 내지 못해
야학 다니던 누이야

자운영 풀씨 삶아
주린 배 채우던
아홉 살 소녀 히로꼬야

뇌염모기가
너의 슬픈 인생 앗아가던 날
하도 서러워 꺼이꺼이
목 놓아 울었었지

너는 지금
어느 하늘 아래
하얀 찔레꽃으로 피었느냐?

체중 맞수

안방에 체중계
함께 못 오르는
눈엣가시 같은 것

나는 나대로
아내는 아내대로
비밀스럽게 오르내린다

일킬로그램이라도 빼고 싶은 그녀
찌고 싶은 내 마음

그 키에 그게 뭐야
제발 살 좀 빼
의사 말 못 들었어?
자존심 건드리면
흥! 자기는
남자가 그 키에 그게 뭐야
제발 살 좀 쩌보시지

그놈의 살 빼기도 어렵고
찌기도 어려우니
이 노릇을 어이할꼬!

탱크 피아노

40년 동행해 온 영창 피아노
둘째 딸 초등학교 입학 선물
우리 집 재산목록 3호가 되었다

엊그제 강남 물난리로
며느리 예일 음악학원
피아노 네 대가 못쓰게 되었다

골동품 피아노 실으러 온 조율사 아저씨
척 보더니
"어 탱크 피아노네!"

탱크보다 강한 우리 집 상전 둘째 딸
순위로 매길 수 없는 우리 집 재산목록 며늘아기

비 내리는 오후
트럭에 실려 가는 탱크 피아노를 위해
손 흔들며 배웅해 주었다

한여름 밤의 꿈

시詩 서書 화畵를 함께 버무린
자서전 한 권 갖고 싶다

사랑하고 존경하는 이들 모시고
출판기념회 열어
그 분위기에 젖어보고 싶다

아름다운 시어
나만의 개성 일필휘지
문인화 고상한 멋
교양 있는 말솜씨로
폼 한 번 잡아볼까

친구여 꿈 깨시게
하얀 파도 밀려오면
흔적도 없이 지워지는 모래톱 낙서일 테니

우리 동네 랜드마크

내가 사는 길음뉴타운 초입에 짓는 38층 쌍둥이 주상복합아파트…
2024년 4월 준공을 앞두고 마무리 공사가 한창이다.

열악한 환경의 한옥들이 옹기종기 흉물스럽게 남아 있던 그 자리
가 화려하게 변신하는 현장이다.

지하 1층부터 지상 2층까지 무려 200개 상가가 들어선다고 하니,
웬만한 시장이 하나 생기는 셈이다.

요즘은 높은 가림막을 걷어내고 조경공사가 진행 중이다.

소나무와 각종 조경수가 운치 있게 심어지는 정원을 바라보는 재
미가 쏠쏠하다.

길음역에서 바로 연결된 편리한 주상복합아파트이고, 대로변이어
서 시공사가 랜드마크답게 공을 들여 짓는 것 같다.

큰길 건너편 삼부아파트에도 비슷한 상가가 즐비하고, 길음재래시
장이 인접해 있는데 그 많은 가게가 뭘 하며 먹고살까 모르겠다.

그럼에도 재개발은 이처럼 낙후된 환경을 획기적으로 변화시켜 쾌
적한 도시로 탈바꿈시켜 주는구나 하고 호기심 어린 눈으로 그 현장
을 지켜본다.

길음재래시장도 곧 현대화 공사가 시작된다고 한다.

인근에 수영장과 도서관, 공연장은 이미 들어섰다.

이곳에 좋은 가게들이 문을 열어 편리한 동네가 되고 시각적으로
나 심리적으로도 확실한 랜드마크가 되면 좋겠다.

빛바랜 사진

6년 전 후임자에게 넘겨준 가게 출입문 벽에는 내가 주방장과 함께 민어 한 마리를 무겁게 받쳐 들고 찍은 홍보성 사진이 붙어 있다.

오래되어 낡고 볼품없는 사진을 왜 그대로 두는지 그 속내를 나는 알지 못한다.

그렇다고 나 또한 떼어내라고 말하지 않았으며, 오히려 일행에게 저거 보라고 가리키곤 한다.

현 주인으로서는 전임자와의 인연을 은연중 보이는 것이 나쁘지 않다고 생각하는지 모르겠다.

무교동에서 나름대로 인정받는 착한 가게였으니 그 이미지를 계승하고 싶은 마음일까.

아니면 전 주인을 배려하는 마음일까?

문을 열고 들어가면 식탁 배치나 액자, 수석 등등 실내 분위기가 익숙하다. 거기에 함께 했던 직원 두 명이 아직도 남아 있으니 더욱 친근하고 반갑다.

지하 실평수 50여 평 되는 공간에서 28년간 인연을 맺은 사연들이 얼마나 많았겠는가.

여기에서 어머니 친구들과 가족 친지들 모시고 칠순잔치를 베풀어 드렸던 일, 사돈댁 여러분과 우리 가족 친지 그리고 아들 내외 친구들 모여 하나뿐인 친손자 돌잔치를 열어준 일도 좋은 기억으로 남아 있다.

그런가 하면 2015년 메르스 사태와 연례행사처럼 찾아온 비브리오패혈증으로 장기간 개점휴업 같은 힘든 고비를 숱하게 넘기기도

194

했다.

무더운 여름철에 열악한 주방에서 땀 흘린 직원들의 수고도 잊을 수 없다.

아내는 매일 저녁때 출근해 함께 식사하고 퇴근하는 게 일과였다.

삼청동-삼청터널-성북동을 경유, 북악스카이웨이를 달리다 아리랑고개로 내려와 집으로 향하는 코스인데, 사계절 변화와 함께 달리던 그 환상적인 드라이브 퇴근길이 참으로 좋았다

이젠 돌이킬 수 없는 과거가 되었지만, 지금 생각해 보면 후회와 아쉬움만 가득 남는다.

주변에 왜 더 베풀지 못했을까?

영업은 왜 그렇게밖에 하지 못했을까?

그럼에도 그때가 그립다.

김비야

장미꽃
흐드러지게 피는 5월,
산골 마을
오두막집에서 태어난
양띠 가시네
유난히도 자존심 강한
30년을
숙녀복과 씨름하면서도
멋 내기와 거리가 멀었던
여인

어딜 가나 에너자이저
무에서 유를 창조하는
완벽주의자란
마크를 달고
어쩌다
글쓰기를 배우고
동인지 2집까지 출간하고
인생 황혼
그럭저럭 나쁘지 않다
말하리라

꿈꾸는 바다

햇볕에 반짝반짝 영롱한 자태를
뽐내는 윤슬 황홀경에
넋은 저 바다 꿈속에서 헤매고

잔잔한 파도
도란도란 조개들의 이야기 소리
물고기 떼 유유히 헤엄치며
한낮을 즐기고

끝없는 수평선
바위에 걸터앉은 갈매기 떼
꾸벅꾸벅 고단함을 달래고
철썩철썩
바위에 부서지는 물거품

꿈꾸는 제주 서귀포 바다

축복

쪽창 너머로 함박눈이 퍼붓습니다
담장 개나리꽃 가지 위에
하얀 목화솜 꽃 피었습니다

통 창 너머
아름다운 소나무 트리로 우뚝우뚝 서 있고
나뭇가지마다 서릿발 같은
눈꽃으로 피어 온 천지가 백색 화원입니다

아… 아름다워라!

넘어가는 한해의 멋진 마무리
다가오는 새해를 축복으로 맞이하는 듯

여전히 잿빛 하늘에선
벚꽃 같은 눈발을 축복처럼 쏟아 내립니다

비 온 뒤 북한산 소공원

연둣빛 단풍나무
실바람에
너울너울 춤을 추고

꽃잔디 꽃잎 위에 은구슬 조롱조롱
크리스마스트리처럼 우뚝 서 있는 측백나무에도
옥구슬 반짝

그 사이를 나비 한 쌍이 맴돌며 짝짓기한다

저 건너 보현봉에 뭉게뭉게 운무가 걸려
한 폭의 수채화를 그리고

맑게 갠 하늘에
새들이 즐겁게 노래 부른다

어제 내린 비로
북한산 소공원에 생기가 넘친다

소풍 가는 날

하늘하늘 꽃비가 축복처럼 내리던 날
따사로운 햇볕 찬란하게 비추고
연둣빛 수양버들 월영지에 잠기고
실바람에 꽃잎은 배꼽 잡으며
돌 돌 구르던 날

벚꽃 아래 그늘에 돗자리 펴고
왁자지껄 푸짐한 먹거리
이야깃거리
소풍의 하이라이트
유지화 교수님의 깜짝 이벤트
진수 쌤 3행시 장원하던 날
새로 오신 두 분 쌤 기쁨이 되고
하루해가 짧았다

꽃잎보다 사뿐히 뒤꿈치 들며
북서울 꿈의 숲,
소풍 가는 날

최고의 선물

아들 내외가 왔다
리본 넥타이와 머리띠를 한 손자

"어버이날 선물은 저예요
리본에 꽃 대신 제가 왔어요
어버이날 선물은 저예요
머리띠에는 사랑해요 할머니"

이 세상에 이보다 더 예쁜 꽃이 있을까

둠짓둠짓 어깨춤 추며
찡긋찡긋 애교 넘치는 윙크
두꺼비처럼 엉금엉금 기는 모습은
귀여움에 한도 초과

돈 주고도 볼 수 없는 손주의 재롱잔치
최고의 엔도르핀

반항아의 눈물

아버지를 고발한다
아니 나를 고발한다
어리석은 나
차라리 보육원에 버려주지, 라고 생각했던 나
아버지 딸이었던 게 싫었던 나

우리 육남매
훌륭한 길잡이 되어주신 아버지
사람 새끼는 낳아 서울로 보내고
말 새끼는 낳아 제주도로 보내라는 말
그 말을 실천했던 아버지
오빠와 나 서울로 보냈네

오빠는 모터와 냉동기술을 배워 평생 주인을 하게 했고
아들딸 넷을 낳아 잘 길러 아들 손자
오빠 가족만 17명 다복한 가정을 이루었네

양재를 배우는 내게
'마름질부터 배워라.
사람은 자고로 마름질할 줄 알아야
옷을 만들 줄 아느니 하시면서
길잡이가 되어주셨다

스무 살에 오빠가 의상실을 차려주었는데
어린 내가 만든 옷을 입고
가게 앞을 손님이 지나가면 감회가 남달랐다

또 내가 만든 옷이 정말 마음에 든다며
단골손님이 생길 땐 그 기쁨 이루 말로 할 수 없었다
나이 오십 대까지 패션에 관한 일에 종사하며 평생을 살았다
힘든 일도 있었지만 감사함으로 잘 살았다고

황혼에 철이 드나보다
돈 많은 부모보다 정 많고 사랑 넘치는 어머니
지혜롭고 현명하신 아버지
이 두 분이 부모라는 사실이 큰 축복이었다는 걸….
이 시간도 아버지 생각에 가슴이 멘다

산이 요동친다

날마다 오르는 북한산 자락
잣나무숲
장소는 늘 같은 곳인데 느낌은 언제나 새롭다
몹시 추운 겨울에도
자연은 쉬지 않고 봄마중을 준비한다

음력 정월 대보름 지나
하루가 다르게 변하는 나뭇가지 빛깔
삭정이 같은 거무튀튀 가지에 갑자기 생기가 돌고
연둣빛이 날마다 짙어진다
나무에 귀 기울이면 쫄쫄 물 흐르는 소리가 들리는 듯하다

작년 가을, 3일 동안 물에 불려 냉동실에 넣어두었던 씨앗
며칠 전 냉장실로 옮겨 놓았는데 빼꼼히 싹을 내민다
씨앗이 겨울에 땅속에서 얼었다 녹기를 반복하면서
발아되는 이치와 똑 같다

땅을 밟는 느낌도 다르다
바짝 날이 섰던 흙이 부드러워졌다
디디는 발밑에서 봄의 함성이 들린다
온 산이 요동을 친다

희망이

응애응애 우렁찬 울음소리
희망으로 다시 온 너

밤인 줄도 모르고 울어대던 너
초보 엄빠 어쩔 줄 몰라 쩔쩔매게 하더니
어느새 기쁨둥이로 100일을 맞았구나

방긋방긋 웃는 모습
온 집안이 환해지고

응애응애 울음소리
활력이 넘친다

잘 자라거라
건강하여라
저 북한산 늘 푸른 소나무처럼

북한산 잣나무숲

산은 나를 불러
항상 넓은 가슴으로 안아준다
오가는 사람들과 인사 나누고
한동안 안 보이면 안부를 궁금해 한다
환우들의 숲, 울창한 잣나무숲

여름에는 잠도 자고 책도 보고
벤치나 요람에 누워 하늘 보는 걸 즐긴다
나뭇가지 사이로 보이는 풍경은 언제 봐도 신비롭다

언젠가는 뻥 뚫린 하늘 보니 거기에 백두산 천지가 있다
겨울엔 앙상한 가지마다 볼록볼록 생명력을 불어넣어
봄 준비를 하는 모습을 누워서 보면 자세히 보인다

또한 임산부들 치유의 숲
유아들의 자연 학습장

산은 주는 것 없어도 모든 걸 내어주는
말없이 지켜주는 아버지 같은 존재다

희망의 등불 내 며느리

태양은
온 대지를 태워버릴 듯 이글거리고
코로나19 온 세계를 쓸어버릴 듯 기승을 부릴 때
항암 부작용으로 사투를 벌이던 나에게
천사가 내려오듯 니가 내 며느리로 다가온 순간
얼마나 감사했는지 모른단다

미래를 예측할 수 없는 나에게
백합처럼 향기로운
내 며느리가 되어 주었고
1년여 만에 떡두꺼비 같은 손주 안겨주니
이 세상 다 가진 것처럼 기뻤다
또한 기적 같은 소식
암 덩어리와 변이가 안 보인단다

니가 큰 도움이 되었다
꼬물꼬물 손주 커 가는 모습 보며
삶에 애착을 느끼고
손주 자라는 모습 보며
오래오래 살고픈 욕망도 생긴다
은영아, 고맙다
너는 내 삶의 희망이요 등불이다

내게 찾아온 행운

첫째, 아이들을 원하는 대학까지 가르쳤다는 것!

둘째, 현재 내가 원하는 걸 다 하고 산다는 것!

이 두 가지가 나에게는 큰 자랑이다. 아니 열심히 살아온 내가 나에게 주는 위안의 선물이다.

아이들이 어렸을 때 가정 형편은 어려웠고 남편은 아팠다.

다행히 내 양재 기술 덕분에 사람들에게 일을 가르쳐 집집이 나누어주며 부업을 했다.

아들이 대학에 들어갈 무렵 한중 수교로 일감이 거의 중국으로 빠져나갔다.

그 무렵 생각하지도 못했던 옷 가게를 떠맡다시피 시작했다.

조그만 빌라를 팔아 살림집과 가게를 분양받았다.

그런데 개업하자마자 문전성시를 이뤄 밥 먹을 시간도 없을 정도로 바빴다.

덕분에 대학 1학년생과 3학년생인 두 아들의 학비 걱정을 단 한 번도 해본 적이 없었다.

그땐 그렇게 살면서 기도하는 시간도 아끼며 일했다. 일할 때나 잠잘 때나 모든 걸 하나님께 맡기고 기도하는 마음으로 살았다.

주일마다 500원의 감사헌금을 하면서 과부의 1달러의 능력이 나타나게 해달라고 기도했다.

한데 어느 날 꿈에 생시처럼 우리 집에 두 번 목사님이 방문하신 모습이 지금도 생생하다.

그 후로 때에 맞춰 축복을 주시는데 폭포수처럼 퍼부어주셨다.

아이들이 무난히 잘 자라주었고, 살아있음에 손주 재롱도 보며 웃고 행복했다.

무엇보다도 내 마음에 쏙 드는 며느리가 내게 준 최고의 선물이었다.

보잘것없는 아파트에 이사 갔을 때, 아들이 거실에서 다리 쭉 뻗고

"엄마! 엄마! 난 너무 행복해. 우리가 이렇게 살 줄 몰랐어."

하며 눈물 글썽일 때 가슴 찡했고, 조그만 빌라를 사줬을 때 감사하는 모습이 마음 뿌듯했다.

며느리 아이 가졌을 때

"집이 너무 좁아 좀 빨리 나타나지 그랬니. 속상해 죽겠다"

하니까,

"어머님, 이거면 어디예요. 감사해요."

하는데 말할 수 없이 고마웠다.

손주가 요리조리 물건을 잘도 피해 다니며 노는 모습 보면서 웃음도 나고, 사는 게 별거냐 이런 게 행복이지 생각한다.

고향 생각

동진강이 흐른다.

사면이 높은 산으로 빙 둘러져 있고, 그 중앙에 동진강이 흐른다.

소쿠리 같은 그 안에 각종 관공서, 면사무소와 우체국, 농협이 자리 잡고, 수력발전소, 초·중·고가 옹기종기 모여 칠보면을 이룬다.

뒷산을 배경으로 100여 호의 마을이 형성된 곳, 아침에 일어나 마당에 서면 우뚝 선 고당산이 한눈에 보이고, 모락모락 안개가 한 폭의 수채화처럼 피어오른다.

봄이면 집마다 복숭아꽃, 살구꽃, 앵두꽃이 함빡 피어나고, 뒷산에는 진달래가 붉게 타올라 꽃동네가 된다.

여름이면 도랑에서 동무들과 물장구치고, 물고기 떼 요리조리 쫓아다니며 놀던 곳.

가을이면 황금벌판 사이 신작로, 그 길 양옆에 코스모스가 함빡 피어 하늘하늘 바람에 일렁이고, 그 꽃길 동요를 흐드러지게 부르며 오가던 학교길, 황금 들녘 메뚜기 떼 후드득 날던 정겨운 길….

겨울이면 유난히도 눈이 많이 오는 산간지방, 학교 길 허허벌판 지나노라면 매서운 눈보라에 손발고 얼굴이 얼고, 감각이 없는 귀를 감싼 채 엉엉 울며 집에 오면 화로 품고 계시던 할머니가 '아이고 내 새끼'하며 언 손발을 녹여준다.

뒷산 부엉이 밤새 울어대고, 그 소리 음악 맞춰 찰칵찰칵 베 짜는 우리 엄마.

그 소리 자장가 삼아 새록새록 잠자는 우리 가족, 엄마 생각에 가슴이 아려온다.

권민선

신축년 미틈날
열나흘에 태어난 나

사색을 즐길 때
행복하고
고독을 즐기는 시간은
내 마음의 영양제이다.

지금은
글 숲에서 꽃을 가꾸며
'우리 봄 마중 갈까'
지나던 바람에
속삭인다.

엄마와 항아리

항아리는
진한 그리움이고 정겨움이다
엄마의 온기가 느껴진다

장독을 닦고
행주로 또 닦고
반짝반짝 윤기 나던 크고 작은 항아리

이마에 맺힌 땀방울 뚝뚝 떨어질 때
열한 식구 대가족
고된 시집살이로 마음 또한 닦아냈을까

큰 항아리 속 둥둥 떠 있는
홍고추와 숯덩이
장독대 칸나꽃보다 더 붉던 고추장

늘 그 자리 지킨 장독대
오늘은 유난히 엄마의 품이 그립다

길상사에서

단풍잎, 찬바람 맞아
명상길에 내려앉았다

쪼르르 흐르는 물길
가야금 소리 되어
발걸음 멈추게 한다

곱게 물든 단풍잎
계절 잊은 초록 이파리들
햇살에 타는 이파리는
무엇을 위해 견디었을까?

나에게 주어진 시간은
누구를 위한 삶이었을까
지나간 세월에 가슴이 아려온다

늦가을, 자꾸만 쌓여가는 그리움
낙엽 따라 뒹구는 은행잎 하나
어둠을 끌어안는다

유년의 햇살

아버지가
족대로 건져 올린 민물새우
팔딱팔딱 뛰던 새우 떼
햇살과 함께 눈부셨다

어릴 적
달든 시원했던 새우 무조림은
시골집에 남아 있고

낡은 족대는
담벼락에 기대어
세월만 건져올리고 있다

한 올 한 올에 스며 있던
비릿한 냄새는
바람 따라 가 버리고

반짝거리는 물결 따라
환하게 웃으시던 아버지
유년의 그 강가에
빈 양동이만 쓸쓸하게 남아 있다

바다의 향기

투박한 냄비에 바다를 퍼 왔다
바다에 빠진 조각구름도 따라왔다

냄비 속 흰 구름은 파도를 타고
초록실 뭉치는 힘없이 풀어진다

반지르르 윤기 나는 하얀 쌀밥
실타래에 걸린 구름 한 조각

어디선가 불어오는 바람에
내 몸이 출렁인다

뜨거운 국 한 사발은 온종일 고단했던
나를 스르르 잠들게 한다

매생이와 굴
바닷속 연인 사이 같다

정든 그미

일천구백구십구년,
예진 어린이집 은하수반
은평초등학교 삼학년 일반
지원이랑 세현이가 맺어준 인연
물심양면 도움을 주는
타인을 위해 기도하는
온돌방처럼
마음이 따뜻한
곱게 물든 가을산보다 더 고운
바다만큼 깊게 정든
비를 무척이나 좋아하는
차현진 권사님
내 가슴에 영원히 정든 이다

어떤 바람

행복했던 꿈
단숨에 쓸어간 바람

눈물이 주르륵 소매 끝을 적시고
먹구름은 머릿속으로 서서히 스며든다

고사리 같은 작은 손
초롱초롱 빛나는 눈망울 어떡하라고

용서할 수도, 미워할 수도 없는
잊히지 않을 멍든 시간

바닥에 가라앉은
흙탕물처럼 보이지 않는 앞날

갈림길에서의 무수한 방황
결국 세월이 해결할 수밖에

잿빛 사랑

운무가 가득 낀 날
어렴풋한 그림자 하나
연민의 정으로 이끌려 가슴을 열었다

내 작은 손가락에 금가락지 끼워주며
옥빛 바다에 행복의 꿈 실었는데
너와 나 약속
물거품이 되었다

거센 비바람 몰아치던 날
우리는 영원히 이별을 했다

태몽

꿈이었다
애호박 두 개를 훔쳤다

깊은 강을 아슬아슬 건너가서
산등선 남의 밭에 갸름한 애호박 두 개는
반가움과 기쁨이었다

두리번거리며 재빠르게 따서
앞자락에 숨겨 줄행랑을 쳤다

할머니 꿈에는
깨끗하게 닦은 흰고무신을 세워 놓고
오이 두 개를 올려놓았는데
내가 다 집어 갔다고 하셨다

남의 밭을 톺아서 호박을 훔쳐 오고
할머니의 오이를 집어 와서 맺은
인연의 끈

갑자년 하늘 연달 스무사흘
새벽 네 시 오 분, 십 분
나는 예쁜 쌍둥이 딸을 낳았다

무슨 일일까

식당 구석진 자리
막걸리 한 사발에 넋두리하던 남자
술잔을 급하게 비워낸다

'모가지 매고 죽어야 하나'

세상 슬픔 다 짊어진 듯한 얼굴에
억울하다며, 분하다며
탁배기잔을 쉴 틈 없이 기울인다

인생을 비관하며 토해 내는 말과 마른 눈물
연신 막걸리에 섞여
분노의 목을 타고 내려간다

마음이 바윗돌 같던 귀갓길
발자국마다 따라오는 그의 말
귓전에서 떠나지를 않는다

무슨 일일까
절벽으로 들어서려는 저 마음
삶이 흔들리지 않기를

태몽 2

내 옆에서 박 대통령이 주무시고 계셨다
이게 뭐지
꿈이었다

두세 달 후 또 꿈을 꾸었다
매미가 억척스럽게 목을 풀던 한여름
감나무에 매달린 홍시
긴 장대로 치니까 철퍼덕 터졌다

꼭대기에 한 개 남은 감 가까스로 쳤는데
다행히 들마루 골에 끼었다
꿈속 백발의 할머니가 감을 보듬고 쓰다듬으며
내 손에 무언가를 쥐어주셨다

꽉 쥐고 있던 손 펴보니
주먹만한 알밤이 웃고 있다
나도 따라 웃었다

갑술년 견우직녀달 스무나흘
오전 열 시 사십오 분에
나는 아들을 낳았다

함박눈 내리는 날

나뭇잎이 비켜 준 나뭇가지에
함박눈이 슬며시 눕는다
앙상한 가지는 모르는 척 껴안아
살포시 잠이 든다

신작로에 굴러가는 자동차는
설경에 빠지고, 추수 끝난 논에는
벼 그루터기가 받쳐주는 스케이트장이 열린다

아이들은 썰매 위에 쪼그리고 앉아
꽁꽁 언 얼음을 콕콕 찍으며
눈 위를 나는 강아지들 같다

부딪쳐 넘어지는 아이들 사이로
신이 나서 따라다니던 그림자들
덩달아 넘어진다

큼직한 눈송이 쌓인 고샅길은
어릴 적 눈싸움 놀이터
진한 그리움이 함박눈에 섞여 내리는 밤
추억이 스며든 내 고향
그곳으로 가고 싶다

가장 귀하고 귀한 날

청실홍실의 어울림에 이 자리가 눈부시도록 환하구나.
준수한 외모에 건실하고 성실한 세현이,
수려한 자태에 해맑고 다정한 소혜
참으로 잘 어울리는 천생연분이구나.
서로 믿고 아끼고 사랑하며
소중하게 여기고 배려하면서
일생을 살아갔으면 하는 엄마의 바람이다.
내딛는 발자국마다 햇살 비추어
행복한 웃음꽃으로
다복한 가정을 꾸려갔으면 하는 바람이다.
살다 보면 삶의 풍랑이 올 수도 있는 게 인생이다.
둘이 함께 지혜롭게 잘 헤쳐 나갈 것으로 믿고
하늘이 허락하는 날까지
잡은 손 놓지 말고 함께 하기를 바란다.
멋지고 든든한 세현아!
내 아들로 와줘서 고맙고
보석보다 더 빛나는 소혜야!
내 며느리로 와줘서 정말 고맙다.
귀한 인연으로 만났으니 행복하게 잘 살아라.
세현아…, 소혜야!
진심으로 축복한다.

내게 찾아온 행운

주담대 삼억이라는 빚과 사람의 연을 끊기 위해서 빌린 칠천만 원, 그 삼억칠천만 원을 써 보지도 못하고 껴안아야 했다. 울분으로 가득 차 있던 나날들, 빚을 갚기 위해, 살아가기 위해서 돈을 벌어야 했다.

몸과 마음은 지치고 세월과도 담을 쌓기 시작했다.

어떤 날 아침은 눈 뜨는 게 너무 싫었다. 누가 이대로 이불에 싸서 흙 속에 묻어주었으면 좋겠다고 생각하면서 하루를 시작했다. 가슴속 화가 끓어 넘치는 아픔은 세월이 흐를수록 내 어깨를 짓눌렀다.

몇 년 후, 월곡주민센터에서 유지화 교수님을 만난 것은 내 인생에서 큰 행운이었다.

달빛글터, 행복한 글 읽기 교실에 아무것도 모르고 등록을 했다.

어쩌면 마음의 위로를 찾았던 거였을지도 모른다.

그곳에서 책을 읽고 느낌을 발표하며 시와 시조, 수필 등을 배우고 쓰면서 웃음꽃이 피는 즐거운 시간이었다.

교수님의 따뜻한 눈빛과 선생님들의 따뜻한 체온을 느끼면서 강의를 듣다 보면, 비타민과 영양제가 몸속으로 흡수된다.

하얀 종이에 애환의 삶을 쓰고 또 쓰다 보면, 마음속에 고여 있던 서러운 눈물은 조금씩 말라가고 치유되는 것 같았다.

화를 쌓아두고 사는 것은 스스로 몸을 멍들게 하는 것을 알았다.

시 공부를 한다는 것, 어렵고 힘겨운 일이지만 버킷리스트 목록에 올려놓고 실천하는 하루하루가 소중하고 보석 같다.

내게 찾아온 행운을 꼭 쥐고 살아가는 것이 진정한 행복이 아닐지 생각해 본다.